新 潮 文 庫

コンビニ兄弟3

—テンダネス門司港こがね村店—

町田そのこ著

11712

目次

登場人物紹介

志波三彦（ミツ）
九州地方で展開している地域密着型コンビニ・テンダネス
門司港こがね村店の名物店長。
あてられずにはいられない魔性のフェロモンの持ち主。

志波二彦（ツギ）
『なんでも野郎』のツナギを着て
門司港こがね村店によく現れる謎の人物。

志波樹《じゅ》恵《え》琉《る》
志波５兄妹の末っ子。
兄と同じく周囲をくらりとさせる美貌の持ち主で、
門司港こがね村店のテナントが入っている建物内で事務職をしている。

廣瀬太郎
門司港こがね村店のアルバイト店員。
自分のことを平凡でとるにたらない人間だと思っている。
が、貴重なツッコミ役。

中尾光《みつ》莉《り》
門司港こがね村店のパート店員。
店長や彼を取り巻く人間関係を観察し、
ＷＥＢで『フェロ店長の不埒日記』という漫画を連載している。

テンダネスとは

九州だけに展開するコンビニチェーンのこと。
『ひとにやさしい、あなたにやさしい（=tenderness）』をモットーとし、
お客様が快適に利用できるように多くの工夫がなされており、
地域性の強いお弁当やスイーツなども販売されている。
特に、門司港こがね村店は店長のたゆまぬ努力と愛情によって
小さいながらも売り上げ上位店であり、店長ファンも数多く訪れる名物店である。

地図製作：アトリエ・プラン

地図原案：宮脇書店ゆめモール下関店　吉井

コンビニ兄弟

テンダネス
門司港
こがね村店

Sonoko Machida

Mojiko Tenderness Brothers

3

プロローグ

志波《しば》さん成分が不足している。

志波さんからしか摂取できない栄養素があって、それはわたしの生きる上で欠かせないもので、それが不足しているということは摂取しないといけないわけで、何が言いたいかというと。

「門司港《もじこう》行きたい」

「またかよ」

マキオの家で早生《わせ》のミカンを食べながら言うと、マキオがうんざりした声をあげた。

「先週も行ったよな？　今週もかよ」

「だってこないだはたった三十分しか拝めなかったんだよ。志波さん成分をあんまり浴びれなかったってことでしょ？」

「成分とか浴びるとか、意味分かんねえ」

「マキオは鈍感だからね」

「お、そんなこと言っていいのか。ピピエンヌ号、オヤジさんから返してもらってないんだろ？」

「あう」

わたしの愛車であるピピエンヌ号は、父の大切な田んぼに突っ込んで稲をダメにして以来、取り上げられているのだった。毎日肩もみをしてご機嫌伺いをしているけれど、返してもらえそうにない。

「俺のあずき号がないと、門司港には行けねえんじゃねえの？」

「あう」

ミカンをひと房口に入れて、わたしは項垂《うなだ》れる。このミカン、めっちゃ甘いな。さすが、熊本が誇る道の駅『七城《しちじょう》メロンドーム』で買ってきただけのことはある。メロンドームのメロンはめちゃくちゃ甘くて美味《おい》しいのだけれど、ミカンも同じくらい美味。

「えーと、ガソリン代とお昼ご飯代でどうでしょうか」

「河豚《ふぐ》だな」

「ぎょえ!?　い、いやそのそんなあの、アルバイト学生の身でありますゆえ河豚はちょっとご勘弁を」

「嘘《うそ》だよ。瓦《かわら》そばっての食ってみたいんだよ、俺。あ、これな」

どこからか、マキオが雑誌を出してくる。門司港特集と銘打たれたそれの、『外せない門司港グルメ』のページを開いて見せられる。

「これこれ、美味《うま》そうじゃね？」

マキオが指さしたところには『瓦そば』の文字と共に写真があって、お茶色のお蕎麦《そば》の上に錦糸卵《きんしたまご》や牛肉、海苔《のり》とレモンが盛りつけられていた。輪切りレモンの上にちょんと乗ったもみじおろしが鮮やかで、かわいい。

「え、なにこれ美味しそう。瓦、にお蕎麦が載ってんの？」

「そうみたい。元は下関の郷土料理っぽいけど、門司港でも食えるんだって」

「へええ。ざるそばの豪華版？」

「や、あったかいらしい」

「ほう。ていうか、なんでマキオが門司港特集の雑誌なんか持ってるの」

瓦そばからマキオに視線を移すと、マキオは「だってこれからしょっちゅう連れて行かされそうだったから」と平然と言った。

「せっかく行くなら楽しみたいじゃん」

「そりゃそうだけど、え、何、連れてってくれるつもりだったの」

やだ、いい奴《やつ》……！　もう一個食べるつもりでいたミカンをマキオの方に押しやりながら、「とりあえず、これお礼の気持ち」と言うと「そもそも、俺んちにおすそ分けって持ってきたミカンじゃねえのか、それ」と突っ込まれる。あ、そうだった。いつもお世話になってるから持って行けってお父さんに言われて持ってきたんだった。忘れてた。

「それより、行くならさっさと支度しろよ。俺、明日から四日間はレポートの仕上げで身動きできねえぞ」

「ラジャ！」

敬礼をして、わたしは急いで目の前のミカンを平らげた。ミカン、最高。

＊

九月の門司港は、夏の空を残していた。大きな入道雲が関門橋の上に広がっており、空の青が際立《きわだ》っている。空気がやけに澄んでいて、対岸の下関がよく見えた。

「着いたぁ！」

もはや、門司港はわたしのホームかもしれない。帰って来た感が半端《はんぱ》ない。心なしか、街並みもわたしを歓迎してくれている気がする。

「ねえ、マキオ。わたし、大学卒業したら門司港で働きたい」

「どんな仕事に就くつもりだ」

「テンダネス、と言いたいけど志波さんの傍で平常心でいられる気がしないから、門司港の快適さを深める仕事がいいなあ」

志波さんの住むこの街が少しでも住みよいものになれば、結果的に彼の助けになる。

マキオが「和歌《わか》の愛情、意外とまっとうなんだな」と感心したように言う。

「まっとう、って何さ。わたしが普段まっとうじゃないみたいじゃない」

「自覚なしだったのか」

「ひどい」

まあ、マキオに何と言われてもいいのだ。だって黙って連れてきてくれるだけでありがたいのだから。

「さ、では参拝に行こうか」

「参拝って、あのひとは神かよ」

「わたしにとっては」

爽《さわ》やかな風が抜ける街並みを、マキオと歩く。いや、わたしは正直スキップ。背中に羽が生えた気持ち。だったのだが、次の瞬間、羽がもげた。

先の方で、志波さんが、女のひとと仲睦《なかむつ》まじそうに歩いていた。

「え」

目を擦《こす》る。何度も擦る。空を仰ぎ海を見つめマキオの顔を凝視し「何だ、急に気持ち悪いな」と顔を顰《しか》められ、うん、大丈夫。わたしの目、異常状態ではない。

では、あれは、幻とか角膜のバグでは、ない？

「ね、ねえ、マキオ。見て、あそこ、あの背中、志波さんだよね」

震える指で指す。「はぁ？　和歌、目が好《よ》すぎだろ」とコンタクト男子のマキオが視線を投げる。目をぎゅっと細めて、「あのブルーストライプのシャツ？」と訊《き》いてくる。

「そ、そう。ストライプシャツにベージュのチノパン。マーチンのブーツ」

「靴のブランドまで分かんねえよ。でもまあ、いるな」

わたしの前を歩くひとは間違いなく志波さんだ。そして、女のひとが明らかに、志波さんの腕に自身の腕を絡《から》めている。

「ね、ねえ、マキオ。あのさ、あの、志波さんの隣のひとって」

彼女かな。訊きたくて、でも彼女とか口にもしたくなくて唇が戦慄《わなな》く。

「ハァ？」

マキオが不思議そうな声をあげた。

「隣？　誰？」

「ほら、クリームイエローのパフスリーブワンピの」

黒髪が綺麗《きれい》なひとだ。すらりとしていて、手足が細くて長い。顔は、よく見えない。ただ、志波さんに何やら甘えているような様子だけは伝わってくる。

「分かんねえ。どこ？」

「は？　いるじゃん！　志波さんと腕組んでる」

「志波さんらしきシャツの男のひとって、ひとりじゃん」

どれだよ、とマキオが苛立《いらだ》ったように言い、わたしは「へ？」と間抜けた声を出す。前を見れば、志波さんと見間違えるような似た服装のひとはいない。というかいくら視力の低いマキオであっても、自分の前方に腕を組んでいるふたり組がいることくらい見えるはずだ。

「ねえちょっと、それってわたしに対するフォローのつもり？　そういうのじゃなくて、いまは状況をまず共有したいんだけど」

「いや共有するも何も、腕組んでるひとたちなんていないじゃん」

何言ってんの、とマキオが呆《あき》れたようにわたしを見た。その顔には冗談の色はなくて、むしろ少し苛立っていた。

「え」

待って？　まじで見えてないの？　いるじゃん。志波さんの腕に絡みついてるひと、明らかにいるじゃん。

「いるじゃん、よく見てよ！　クリームイエローのワンピの女！」

叫んで指を差した瞬間、ぐるんと女のひとが振り返った。ばちんとわたしと目が合う。お人形のような綺麗な顔、と見惚《みと》れた次の瞬間、憎しみが籠《こ》められたような目で睨《にら》みつけられた。

「え」

その迫力に、息を呑《の》む。立《た》ち竦《すく》んだわたしを見て彼女はふっと微笑《ほほえ》んだ後、ふわりと前を向いた。

何だか、近付いちゃいけない気がした。

「和歌？　え、どうしたんだよ。志波さんに挨拶《あいさつ》くらいして来たら？」

訝《いぶか》しんだマキオが訊くも、それどころじゃない。

あれって、もしかしてもしかしてだけど、志波さん憑《つ》かれてない？

多分、あのひと、生きてるひとじゃない。

「和歌？　わーかー？」

「ねえ、寺生まれのTさん」

「おい、急に高校時代のあだ名で呼ぶな」

マキオ――鶴田牧男《つるたまきお》の実家はお寺だ。鶴丸寺。とはいえマキオは次男で長兄のツモルさんが跡を継ぐ予定だ。そしてマキオどころか鶴田家に特別な能力はない。マキオ父がそう言っていた。

「マキオは、見えなかったんだよね」

「あー、そういう？　俺、見えなかったけど何かいた？」

「いた」

頷《うなず》くと、足の底からぞわぞわと震えが起きた。正直、わたしは怖がりで、霊体験なんて経験しないまま人生を終えるつもりでいて、幸いにもそれはこれまで叶《かな》えられていた。それがまさか、こんなかたちで初体験か。ショック！

「マキオ、わたし、霊能者になる」

逃げ出したいし、見なかったことにしたいけど、でも志波さんのためなら、わたしはそっちの世界に足を踏み入れるしかない。

お祓《はら》いするしか、ない！

「は？　大丈夫か、和歌。熱中症か？　水買ってこようか」

「マキオ、わたしは愛のために、勇気を出して飛び込むよ」

愛のためなら、何だってできる。待ってて、志波さん。わたし、あなたを救えるようになる。

わたしはスマホを取り出して、『除霊できる霊能者　弟子入り』と検索をかけるのだった。

第一話

推しが門司港を熱くする

その日、中尾《なかお》光莉《みつり》は浮足立っていた。

生まれて初めて好きなひととデートしたときよりも、自身が連載している漫画『フェロ店長の不埒《ふらち》日記』が『WEBで読める面白い漫画大賞』に入賞したときよりも、うきうきそわそわしているかもしれない。昨日は二十一時には布団《ふとん》に潜り込んだのに、ほとんど眠れなかった。心臓がずっと駆け足ペースで動いている。全然、落ち着かない。

「ああ、どうしよう。こんなにペースを速めてたら、心臓が疲れて死んじゃうかもしれない」

「いっそ休めばよかったじゃないすか」

ため息を吐《つ》いた光莉へけんもほろろに言ったのは、煙草《たばこ》の補充をしている廣瀬《ひろせ》だ。

「休んだら休んだで、何にも手につかないと思うのよ」

「そこまで興奮するもんすか」

手を止めて、廣瀬が外に目をやる。八月の街は、朝からすでに日が照りつけていて、気温をぐんぐん上昇させていた。

「するものなの。わたし、Q-wick《クイック》の或《あ》るくんが大好きだもん」

今日、Q-wick の〝采原或《さいばら》る〟が門司港の一日観光大使として活動しているのだった。

Q-wick とは、九州を中心に活躍している男性アイドルユニットである。メンバー八人全員が九州各県出身、というのがアピールポイントで、それぞれの出身地の方言で喋《しゃべ》るのが魅力。采原は福岡県の北九州市出身だった。

「采原より、津島大地《つしまだいち》のほうが人気じゃないすか」

鹿児島出身の津島は、端正な顔立ちをした、圧倒的美青年だ。アフタヌーンティーが好きで、趣味はスコーンを焼くこと。それでいて自称は『わし』で方言も強く、そのギャップが素敵と言われている。

対して采原は、『ブレ男《お》』と呼ばれている。しょっちゅうキャラ変をするのだ。無口なクールキャラなのかと思えば、ツンデレ面を過剰に打ち出してきて、次はヤンデレ。公式 Twitter アカウントで『ほんとうのぼくをきっと誰もわかってくれない』なんて投稿をしたときには、多くのファンが何かあったんだと心配したものだが、間もなく『ぼくを待ってくれている運命のひとはいまどこにいるんだろう』『いつか出会える君も、この夕日を眺めているのかな』とポエム調の投稿を連投しだした。他のメンバーに比べると歌が上手《うま》いわけでもダンスが秀《ひい》でているわけでもなく、そして目立つ容姿でもないことで試行錯誤しているのだろう、というのが多くのファンの意見だった。

「うちの大学の女たちが、采原は承認欲求やばいから絶対面倒くさそうって言ってましたよ」

「はっは、若い子たちはそうかもね。でもねえ、あの〝もがき〟がいいのよ」

まだ分かんないかなあ、と光莉は頭を振る。

「自分のフィールド上で、どうにかしてのし上がっていこうと試行錯誤している姿って、尊いじゃない。わたしは彼が前に出ようとしたり、必死でインパクトある言葉を捻《ひね》りだそうと思案している姿を見るとグッとくるのよねえ。それにね、いまのポエム期すごくイイのよ」

思い出して、光莉は強く握りこぶしを作る。最近の采原の呟《つぶや》きは、どれもいい。秀逸と言わざるを得ない。オタク談議になってしまうから廣瀬にはあえて言わないけれど『異世界召喚されたら魔術師の肩に乗ってるゆるふわマスコットでした』というラノベの主人公を彷彿《ほうふつ》とさせるのだ。『いせマス』と呼ばれているこのラノベ、いまはまだ無名に近いけれど、光莉は絶対に売れる！　と確信している。

主人公である男子高校生があるとき異世界に召喚されるのだが、しかし何故《なぜ》か「キュルパ」としか鳴けないふわふわしたリスのような小動物に姿を変えていた。しかも異世界で最高ランクと称されている女魔術師に拾われて、飼われることになる。魔術師と共に異世界で生活する主人公だったが、あるとき自分に『運命の女』がいることを知る。その女に会えば、主人公は人間の姿に戻れるらしい――。実は主人公は勇者として呼ばれたはずだったとか、運命の女が魔王だとか、話はどんどん面白い方向に進んでいるのだが、光莉の一番のお気に入りが、主人公がよくポエマーになるところなのだ。そんな状況でポエムってる場合じゃないだろ！　とツッコミを入れたくなるようなシーンが好きで、そのポエムの具合が采原の呟きとよく似ているのだ。采原はもしかしたら『いせマス』のファンなのではないだろうか、と思ってしまうほどに。

これは結構的を射てるのではないか、と光莉は考えている。采原の趣味は読書となっている。公式HPに載っているプロフィールでは、太宰治の『グッド・バイ』が好きだと書いていた。『グッド・バイ』が好きならば、絶対にラノベも好きなはずだ。

「試行錯誤ねえ。まあ、悩んでる姿を好意的に見てくれる、ってのはいいすね」

ふうん、と廣瀬が納得したように言った。

「そういうのって、ひとに見せるのは恥ずかしいすもん」

「若ければ若いほど、かっこつけたくなるもんね。でも、その恥ずかしい姿を見せてくれるのよ、或るくんは」

ポエムの呟きは置いておいても、若い子が頑張っている姿を見せてくれるのは、いい。何らかの栄養素がふわんふわん放出されていて、それが自分の干からびた部分を潤《うるお》してくれる気がする。

「その或るくんがいま、この門司港にいるわけよ。同じ空気を吸っているわけよ。はぁ、最高……」

　采原が門司港一日観光大使に任命されたのは、もちろん北九州市出身であるからだろう。他のメンバーも来ればいいのに、とSNSで愚痴を零《こぼ》していたQ-wickファンもいたけれど、光莉は大満足だ。

　公式発表された日程だと、采原は十三時から人力車に乗って周辺を回る予定になっているらしい。

「予定と休憩時間がラッキーなことに被《かぶ》ってるから、自転車で駆け回ってくるつもり」

　今日はそのためにランニングシューズを履いてきたし、息子の恒星《こうせい》の自転車も万全の状態で駐輪場で待機している。日焼け止めもばっちりだ。

「観光大使って今日一日だけでしょ？　張りついて追いかけりゃいいのに」

「ファンだからってずっと追い回してたら、彼の迷惑になるでしょう。でも応援はしたいから、休憩時間の一時間だけで充分」

　ほんとうのことを言えば、真夏日に一日中追いかけ回す体力がないだけなのだが、廣瀬は「ファンの鑑《かがみ》っすね」と感心したように頷《うなず》いた。

「うちに来るファンたちにも見習ってほしいすよ」

「あー」

それは同意である。苦笑した光莉は「そういや、店長は見に行ってるのよね」と店内の時計を見た。店長である志波三彦《みつひこ》は、志波三彦ファンクラブ兼こがね村ビル婦人会のメンバーたちと、采原を見に出かけているのだ。

采原は北九州市役所にて任命式をすませたのち、門司港駅や旧門司三井倶楽部《クラブ》、旧門司税関などを視察することになっていた。人力車ツアーの最後は、抽選で選ばれたひとたちと一緒に潮風号に乗る。この抽選であるが、光莉は家族全員応募し、テンダネススタッフにも頼み込んで応募してもらったのだが、すべて落選だった。辛《つら》い。

「店長たちはプレミアホテル門司港にアタリをつけて張り込むって言ってましたよ。婦人方、体力ないっすからね。ていうか、あそこでランチするのが目的じゃないすか」

婦人方は、Q-wick に興味がない。志波三彦さえいればよく、ランチする理由が欲しかっただけだろう。それでも、光莉が采原のファンだと知った彼女たちは「写真撮ってくるから楽しみにしててねー！」と意気揚々と出かけて行ったが、結果は果たして。

客の来店を知らせるメロディーが鳴り「いらっしゃいませ！」と声を張る。小さな子どもを連れた母親で、ハンカチで汗を拭《ふ》きふき「アイス食べて帰ろうねえ」と子どもに言う。麦わら帽子の下の頬を真っ赤にした子どもが「バナナモナカ！」と顔を輝かせてアイスケースに走っていった。

「バナナモナカ、売れてますね」

廣瀬が言い、光莉も「九州フェア、成功してるよね」と答える。

九州だけで展開されているコンビニエンスストア〝テンダネス〟はいま、『九州を食欲で盛り上げようフェア』を行っている。期間ごとに、九州各地の名産品を元にした商品を発売しているのだ。いまは門司港名物として『バナナアイスモナカ』や長崎名物『ハトシ』、大分名物『中津からあげ』などが並んでいる。

「特にバナナモナカは、期間限定ってのがもったいないくらい美味いもんな」

「わたしは先週のさつま黒豚角煮をもう一度リクエストしたい。うちの息子が嵌《は》まっちゃって」

食欲で盛り上げよう、というコンセプト通り、どの商品も完成度が高くて美味しい。今月の売り上げは、すでに前年を上回っている。

「あちぃ！」

入店メロディーと共に入ってきたのは、ツナギ姿の男だった。もはや制服となっているライトグリーンのツナギの上部を腰で巻き、上半身は白いタンクトップ。暑さのせいだろう、いつもはもじゃもじゃと膨れている髪の毛を後ろでひとつに結っている。首にかけたタオルで汗を乱暴に拭《ぬぐ》い「はあ、ここは天国だな」と幸福そうに目を細めた。

「ツギさん！」

光莉より先に、廣瀬が明るい声をあげた。

「こんにちは！　休憩すか？」

「車のエアコンが突然死んだ。熱風しか出ねえんだ。蒸し焼きにされるかと思った」

言いながらツギは１・５リットルのスポーツ飲料のペットボトルを取り、レジカウンターに来た。支払いを済ませたかと思うと、蓋《ふた》を開ける。

「いまから知り合いの修理屋借りて、修理だ。今日中に直さにゃ地獄だ」

「ツギさん、自分でやれるんすか」

「できなきゃあんな古い車乗ってられねえよ」

廣瀬がツギと話しているのを見ていると、もう一方のレジにさっきの親子がやって来た。男の子がバナナモナカを手にしている。光莉が応対している間に、ツギは店を出て行っていた。

休憩時間になって、光莉は身支度を整えて店を飛び出した。これまた息子から借りたベースボールキャップを被り、首には冷感タオルを巻く。自転車に跨《また》がった光莉は「とりあえず駅前よね」とペダルを踏みこんだ。

けたたましく鳴き騒ぐセミの声。熱せられたアスファルトが熱い。店を出てまだ僅《わず》かなのに、汗がこめかみを流れていった。これでは、長時間の人力車での移動は避けるだろう。涼めるところ——門司港レトロ海峡プラザか九州鉄道記念館辺りに滞在する可能性がある。せわしなく考えながら、漕《こ》ぎ進む。

案の定、門司港駅前にはいなかった。『采原或るさん、大歓迎！』という看板がいくつも立てられているが、ひとも少ない。ＳＮＳで検索をかけてみる。

「ビンゴ。海峡プラザ！」

書き込みを見つけて口笛を吹く。自転車に再び跨り、プレミアホテル門司港前を抜けて海峡プラザに向かおうとしていると「中尾さーん」とのんびりとした声がかかった。見れば、数人の女性に囲まれた志波が立っていた。

「お殿様かい」

思わず、光莉は呟いた。日傘を差した女性たちがせっせと志波に日陰を作っていた。女性の半数が着物を着ていることもあって、一瞬、腰元を引き連れた殿様のように見えてしまったのだった。

「或るさんをお探しですか？　いま、この周辺をぐるりと回った後に海峡プラザで下車されたと聞いたので、ぼくたちも移動しているところなんですよ」

「お食事、美味しかったわあ。腹ごなしにちょうどいいわね」

女性たちはのんびりしている様子だが、光莉には時間が限られている。

「では向こうで会いましょう！」

言うなり、ペダルを踏んだ。

自転車を停《と》め、耳を澄ます。こういうときは、だいたい賑《にぎ》やかな方に行けばいい。

「あっちだ!」と独り言《ご》ちたと同時に光莉は走り出した。

采原或るは、海を眺めることのできるテラス席に座って、ドリンクを飲んでいた。パラソルがちょうどよい日陰を作り出していて、潮風もやわらかく吹いている。彼を中心に直径二メートルほどのひとの円ができている。

「ああ、或るくん!」

ひとごみの向こうにいる姿を認めて、光莉は思わず声をあげてしまう。ひゃー、顔ちっちゃい。骨格繊細過ぎ。こんなに儚《はかな》いスタイルであんな激しいダンスしてたの? だめだめ、死んじゃう。ああ、ごはんもりもり食べさせてあげたい! お魚? やっぱりお肉? 何でも言って!

采原は、メディアで見るよりも華奢《きゃしゃ》で、そして可愛《かわい》かった。いま二十二歳のはずだが、高校三年生の恒星と変わらない。ああこんなにも若い子が、生き馬の目を抜くといわれる芸能界で必死に頑張っているのね……。

「はあ、尊い」

一挙手一投足が心臓をキュルキュル撃ち抜いてくる。スーツ姿の男のひとが何かを持って行くと、ぱっと顔が明るくなった。

「やった、バナナアイスモナカやん!」

テンダネスのバナナアイスモナカを渡されて、采原は「これ、ちかっぱ美味しいよね」と周囲に向かって笑いかけた。

「ぼく、これ好き。テンダネス、一年中これ売ってほしいっちゃ」

笑顔にエフェクトがかかった気がした。キラキラが押し寄せてくる。

か！　わ！　い！　い！

光莉は思わず眩暈《めまい》を起こしてしまう。うちの店にあるアイス、全部プレゼントしたいていうか、わたしこれからバナナアイスモナカ死ぬほど売る。通年商品にするためにアンケートもガンガン書く。あの子が食べたいと願ったときに、いつでも買える商品にのし上げる……！

脳内で身悶《みもだ》えし、絶叫したのち、光莉はふっとため息を吐いた。遠くに視線を投げる。

しかし、恐ろしいわ……。三次元。

ここ数年は二次元のキャラクターばかり推していたのだが、三次元もいい。二次元が美しい細工の神の菓子だとしたら、三次元は炊きたてのお米を食べているような力強さがある。どっちもそれぞれ良さがあるので優劣はないが、しかし久しぶりに食べるお米は激しく美味い。美味すぎる。活力貰《もら》いすぎてヤバい。

「バナナのかたちしとるところが憎いっちゃんねー」

嬉《うれ》しそうに、采原がアイスを齧《かじ》る。ああ、いっそ本部に掛け合ってバナナアイスモナカ専門店作る……⁉　わたし、自転車に乗って移動販売するのも辞さない！　光莉が脳内で叫んでいると「ブレ男じゃなくて津島王子がよかったー」と無遠慮な声がした。

「津島王子は指宿《いぶすき》で観光大使やるんでしょ？　鹿児島県民めっちゃ羨《うらや》ましい。なんでブレ男なんだよー」

おい、どこのバカ者だ。ぎろりと声の方を睨《にら》みつけると、二十代半ばと思われる女性ふたり組がつまらなさそうにスマホをいじっていた。それでいてちらちらと采原を見ては、口元を緩める。

「福岡メンバー交代してほしい、マジで。一番華ないよね」

「福岡はだめだ。終わっとる。あたし、沖縄の島袋《しまぶくろ》くん推しやけん、沖縄移住したい」

「わかる。島袋くんは腹筋がエロいんよ」

「ブレ男はあばら浮いてっから。細すぎ」

その声は、あまりに大きかった。周囲のひとたちが嫌悪《けんお》の顔を向けるも、ふたりは会話を止《や》めない。どれだけ別のメンバーが素敵か、それに比べて采原は、ということを繰り返している。

お前ら、ジョイフルに行って好きなだけ話してろ！　何でわざわざここに来て大声で悪口言うのよ。むしろ好きなんじゃないの⁉　下痢が一週間は止まらないくらいの呪《のろ》いを目で送りつけていると、「だめですよ」と聞きなれた声がする。

「応援にいらしたのでしょう？　そういう言葉で気を惹《ひ》くのではなく、優しい気持ちを込めた言葉の方がきっと届きますよ」

お殿様！　じゃない、店長！

そこには、穏やかに微笑む志波がいた。

「彼がこちらを見るたび、どきりとしてらしたでしょう？　気になっているのなら、そんなことしてはいけません」

「そうよ。そしてあなたたちね、好きなひとの足を引っ張っていると知りなさい」

すい、と前に出てきたのは婦人会二代目会長の石橋《いしばし》だった。紗《しゃ》の着物を上品に纏《まと》った彼女は「あなたたちがあちらの彼に無礼な言葉をぶつけるたび、あなたたちが好きだと言っている方の品位も下げるのよ。品のないファンを持つというのは、そのひとの恥になるの」とやわらかな口ぶりで言った。それでいて、有無を言わさぬ迫力がある。石橋は昔は小学校教諭をしており、言葉に張りがあるのだ。そんな石橋の後ろから、婦人方が「そうよそうよ」「好きな子をいじめるなんて、小学生のすることじゃないかしら」と言葉を足す。

「はぁ？　なんなの、おばちゃんたち」

女性ふたりが顔を赤くする。

「怖いんですけど、こういうの！」

「ああ、それはすみません。ぼくが突然声をかけたせいですね」

一歩進み出た志波が深く頭を下げる。それから顔を上げて、にっこりと笑った。

「でも、こんなに素敵な女性たちの口から哀《かな》しい言葉を聞きたくなかったんです。それで思わず」

ふたりの顔がきょとんとし、それからぱっと恥ずかしそうな表情に変わった。

「え、えっと、こっちもすみませんでした！」

片方が言って、「行こ」と手を引く。もうひとりも慌《あわ》てて頭を下げて、それからふたりは逃げ出すように駆けて行った。

「店長！　すごい！」

光莉は思わず駆け寄って、志波の背中をポンポン叩《たた》いた。

「いまのはかっこよかったです、いまのは素敵でした。いまのは、いい仕事です！」

声を荒げることなく、すんなりと納めてくれた。完璧《かんぺき》だ。

「いまのはいまのは、ってぼくはいつもそんなにだめですか」

志波がしょんぼりしたが、「普段については、追って廣瀬くんからコメントさせますんで」と言うと「そんなの、絶対いいこと言われません」とますます肩を落とす。そんな志波に、「みっちゃんはいつもかっこいいわよう」「そうよ。毎日素敵」と婦人方が声をかける。

「あの、ありがとうございます」

近寄ってきたのは、さっき采原にアイスを渡していた男性だった。首を傾《かし》げた志波に「采原のマネージャーの、今浪《いまなみ》と申します」と深く頭を下げる。

「私が彼女たちとお話をしなくてはいけなかったのに、代わりに申し訳ありません。でも助かりました」

「いえいえ。わざわざどうも」

「あの、みなさまどういう……？」

今浪が不思議そうに光莉たちを見回すと、石橋が志波を手で示しながら「こちらの方は私たちの推し。そして私たちは彼のファンクラブのメンバーです」と平然と返す。ファンクラブに混ぜられたら堪《たま》らない、と光莉は「わたしは別です！」と声を張った。

「わたしはコンビニ店員で、そのひとは店長です。こちらはお客様たち」

説明するも、今浪は「はあ……。推しで、コンビニ店長」と不思議な顔をする。まあ、訳が分かんないだろうなと光莉は苦笑した。

「ただの門司港の住人です。あ、そして或るくんのファンです！」

最後は、大きな声で言った。今浪の向こう、まだベンチに座っている采原に届くように。期待を込めて見れば、采原と目が合う。にっこりと笑って会釈《えしゃく》をされて、光莉の胸に温かなものが広がる。

ああ、店長にくらくらしているひとたちの気持ち、いまならめちゃくちゃ分かる。いつも、いい加減にしてくれないかなとか思ってごめんなさい、悔い改めます。

光莉は久しぶりに、心から充足し、しすぎて感情がだばだば溢《あふ》れるという感覚に浸ったのだった。

おかげで時間の感覚を失い、休憩時間が終わるギリギリに店に戻るというミスを犯してしまった。それからもしばらくは夢心地で心がどこか遠くへ運ばれてしまった状態になり、廣瀬に「悪いんすけど、歯を食いしばって仕事してください」と言われた。ほら、と手鏡を渡されて覗《のぞ》き込んだ顔は、我ながら呆《あき》れてしまうほど、締まりがなかった。

「口元の筋肉、ばかになってますよ」

「廣瀬くん、辛辣《しんらつ》……。でも的確……」

そうだ、仕事モードに切り替えなくては。奥歯をぐっと嚙《か》みしめた光莉だが、しかし仕事が終わるまで何度も「食いしばって！」とツッコミを入れられたのだった。

＊

夢のような一日から十日が過ぎた後も、光莉はまだふわふわしていた。無意識に浮かれ切っているのか、夕飯を豪華にしてしまっているらしい。「母さん、どうしたんだ？」

と嬉しいのか心配しているのか分からない顔で、恒星に尋ねられたほどだ。

「うわ、ツギさん、それ何すか！」

十四時を過ぎて、少し客足が途絶えたころ。もはや癖になってしまったあの日の反芻《はんすう》をしながら商品補充をしていると、大きな声をあげた廣瀬がけらけらと笑いだした。どうしたのかと見ればツギが入店してきたのだが、彼の背後にある車がいつものものではない。

ツギの愛車は『なんでも野郎』とロゴの入った軽トラックだ。しかし駐車場に停められた車はパステルイエローのバンだった。ファンシーなクマとウサギのイラストが見える。

「部品を取り寄せてるんだけど、まだ届かねえんだ。でも仕事が立て込んでるし、とりあえず借りてきた」

車は、かつては幼稚園の送迎ワゴンだったらしい。中は改造されて荷物を載せられるようになっていたが、小さな子ども用の椅子《いす》がふたつだけ残っていて、微笑ましい。中を覗き込んだ光莉は、恒星が幼稚園に通っていたころのことを思い出して「懐《なつ》かしい」と声を漏らした。

「あー、こういう車にちっこい子たちが乗ってたわあ。恒星は毎回ぎゃんぎゃん泣いてね、あんまり激しく泣くもんだから、近所のおじさんが『何があったとや！』って外に飛び出してきて」

いまでこそ親離れしてしまったが、恒星はママっ子だった。ママがいいママがいいと泣き喚《わめ》いたものだ。

「いまからこれで中津市まで行って、古い屋敷の荷物整理の手伝いだ。そのまえに腹ごしらえをな」

ツギが店内に入っていき、光莉も業務に戻る。菓子を什器《じゅうき》にせっせと並べていると「お疲れ様です」と休みのはずの志波がやって来た。

「お疲れ様です。店長、どうされたんですか」

「いや、こういうのを作ってみたのでレジに設置しようかと」

ぴらりと志波が掲げたのは、ラミネート加工された紙だった。手渡された光莉はざっと目を通して「あ、これいい」と呟く。

紙には大きな文字で『レジ袋　いります　いりません』と表記されていた。『指差してください』とも。

レジ袋が有料制になり、会計時には必ずレジ袋の要不要を確認するようになった。たいていのお客様は「いる」「エコバッグあるんで大丈夫です」など答えてくれるけれど、中には「いらねえよ！」「いちいち確認しなくてもわかるだろ」と怒鳴るひともいる。これを示して「どちらに」と確認できるのは便利だ。

しかし志波の目的とはズレていた。

「最近、難聴のお客様がいらっしゃるでしょう？　ご不便をおかけしているなと気になっていたんですよ」

「あ」

思い出して、光莉は恥ずかしくなる。そのお客様はつい三日前も応対したばかりだったのだ。彼はいつもエコバッグを持っていて、問う前に提示してくれるので問題なかったのだが、その日はたまたま忘れていたらしくて受け渡しがスムーズにいかなかった。志波はきっとあれを見ていたのだ。

「割りばしやおしぼり、支払い方法なんかも書いた方がいいかなと思うんですけど、とりあえずはこれで様子を見てみましょう」

「すごく、いいと思います」

このひとはすごいな、と光莉は感心する。接客という仕事の質を上げるために、思考を止めない。あの日のことをさらりと忘れてしまっていた自分が情けない。

来客のメロディーが鳴り、反射的に「いらっしゃいませ！」と言う。見れば、半そでのパーカーを着た男性が入店してくるところだった。フードを目深《まぶか》に被っているから顔は分からない。袖《そで》から伸びた細い腕や服の上からでも分かる華奢な様子から、若い子だということだけ分かった。

「いらっしゃいませ！　あ、中尾さん。ぼくはこれを貼《は》ったら戻りますから」

志波がレジカウンターの方へ向かおうとしたそのとき、パーカーのひとがだっと駆け出し志波の腕に抱きついた。

「あああああああの！　先日はありがとうございました！」

切羽詰まったような声を聞き、光莉は息を呑《の》む。え、まさか。

パーカーのひとがフードを外す。その顔を見て、光莉は「ぎゃ！」と悲鳴を上げた。

「采原或る、くん！」

必死の顔をしていたのは、采原に他ならなかった。

「ああ、君は先日の」

突然抱きつかれるのは日常の志波は、平然としたものだった。「ぼくはお礼を言われることはしてませんが？」と微笑む。その笑顔に、采原は「ふあああ」とため息交じりの声を漏らした。

「ああ、やっぱりゴブ嫁のアルフレッドだぁ」

どうしてここに采原が!?　事態を受け入れられなくて呆然《ぼうぜん》としていた光莉だったが、采原の呟きにはっとする。ゴブ嫁!?

「転生できたのでゴブリンの嫁になります……？」

無意識に、声が戦慄いた。

いま人気のラノベで、光莉ももちろん読者である。好きか嫌いかでいえば、大好きだ。タイトルから想像できない過酷な展開で、愛するゴブリンと一緒に暮らしたいがためにどんな苦難も乗り越えていく主人公アイリの姿がとにかくいじらしい。三巻の、人族であるアイリを疎《うと》ましがっていたゴブリンが、アイリを守るために邪教徒たちに殺されそうになるシーンは、滂沱《ぼうだ》の涙だった。いまでは該当ページの一文字目を視界に入れるたびに目頭が熱くなる。

アルフレッドというのは人族のイケメンで、虫一匹殺さないような柔和な雰囲気を纏っているがその実、アイリを溺愛《できあい》しているサイコパスだ。アイリのためなら謀略だって国盗《くにと》りだって厭《いと》わない。先のシーンでゴブリンを助けるのはアルフレッドなのだが、その理由は『もっと残酷な方法で殺《や》る計画を立てていたのに、おじゃんになってしまう』である。

「あ、ゴブ嫁読者さんですか？　ぼく、あの作品ちかっぱ好きで！」

にっこりと采原が光莉に笑いかけ、光莉の心臓が跳ねる。ああ、平常心がまたかき消えていく。

「この方、アルフレッドそっくりじゃないですか？　先日会ったときも、ナニーズを連れてましたし」

「え、ああ、ナニーズ……」

アルフレッドが引き連れている女性たちのことだ。アルフレッドを育てた乳母たちで構成されていて、アルフレッドのためなら何だってするという、これまた危ない集団。言い得て妙かもしれない。

光莉は思わず納得する。ナニーズも言わばアルフレッドのファンクラブである。可愛いアルフレッドのためなら何だって、という愛情暴走集団……って、一緒にしてしまうとファンクラブの面々にあまりに失礼だろうか。

「あのとき、アルフレッドとナニーズが助けに来てくれたんだって本気で思ったんです。それで今浪さんに訊《き》いたらどうやらこの辺りのコンビニの店長らしいって教えてくれたので、今日こうして探しに来て」

そして、会えた！　志波の腕に巻き付いたまま、采原は歓喜の声をあげた。

「えっと、あの、ぼくは志波といってアルなんとかでは」

「分かってます、分かってます！　いいんです、ぼくの中でアルフレッド様であれば！」

あ、様がついた。光莉が脳内で思わず突っ込んでいると「向こうでやってください」と廣瀬が不機嫌そうに言った。

「どなたか知りませんけど、営業妨害なんで。店長に用があるなら、向こうでどうぞ」

ああ、安定の廣瀬くん！　光莉は今度こそ我に返って、廣瀬を拝む。ごめんなさい、仕事中だった、わたし！

「あ、すみませんすみません。いまからお買い物します。あの、アルフレッド様、どこかでお話しすることはできませんか？」

「え、ああ、ええと、はい。では隣のイートインスペースでお話ししましょうか。ぼくもコーヒーが飲みたいところでしたので」

「やった！　ありがとございます！」

店内用のカゴを持った采原は志波と腕を組むようにして、迷わずひょいひょいと品物を入れ始める。

「ああ、あの、そんなにたくさん買っていただかなくてもお話は伺いますよ」

あまりに迷いなくいろいろと入れていくものだから、志波が慌てて制止する。しかし采原は「そういうつもりじゃないです。ぼく、コンビニ大好きなだけで」と平然と言う。

「新商品とか、どこかとのコラボ商品とか、そういうのを見るとワクワクしちゃうんですよね」

にこにこと店内を回る采原を目で追いながら、レジカウンター内に戻った光莉は「ねえ、信じられる……？」と廣瀬に問いかけた。

「わたしの日常の空間で、推しが動いてるって、どんな奇跡？　見て、あの笑顔。尊い、ただただ尊いわ。ああ、網膜に焼き付けよう。辛いことがあったらいつでも彼を描けるように焼き付けておこう……」


「中尾さん、采原が絡《から》むと人格崩壊してますけど、大丈夫すか」

普段は隠していた部分がだだ洩《も》れになっている光莉に、廣瀬が呆れたように言うも、光莉はそれに気付いていない。

ああ、素敵。素敵。それにしても、ラノベ好きではないかというわたしの予想は大当たりだった。まさかゴブ嫁のアルフレッドと店長を重ねるとは思わなかったけど。ていうか、店長ってアルフレッドタイプではないような……。いや、見た目とかナニーズとかはそう言えるかもしれないけど、性格よ、性格。主人公にだけ蠱毒《こどく》のような愛を注ごうとするアルフレッドと、博愛精神の塊のような店長はむしろ真逆なのよ。

「誰だ、あれ」

目の前にカゴが置かれてはっとする。ツギが立っていた。ふたりを見ながら「ミツの横、見覚えがある気がする」と言う。

「ツギさん！　Q-wickっていう男性アイドルユニットの采原或るっすよ」

答えたのは、廣瀬だった。

「なんか、店長を探してきたみたいで」

「ふうん。あ、光莉さん、そっちの弁当温めてくれる？」

「はい。こちらも温めていいですか？」

いかんいかん、仕事仕事。ぶるんと頭を振って、光莉はてきぱきと会計をこなしていく。

「あ、頼んます。あ、廣瀬くん。あと、ひと口フライドチキンふたつ貰える？」

ツギはふたり分はありそうな食品を買い込み、イートインスペースに消えていった。

「レジお願いしまっす」

廣瀬のレジにやって来たのは采原だった。カゴにこんもりと品物が入っているのが見えた。

「どの辺りのどのコンビニか分からなかったんで、手当たり次第に探して回ったんですけど、お腹《なか》すいちゃって」

にこにこと志波に話しかける采原を、光莉は少し離れたところから眺める。あー、可愛い。しかし廣瀬くん、こういうときでさえ平常心が微塵《みじん》も揺るがないのはすごいわ……。もはや才能……。

それからすぐに、ふたりはイートインスペースに移動していく。ため息を吐いたところで、「おはよーございます」とウクレレくんこと高木《たかぎ》が現れた。

「中尾さん、残業させちゃってすみませんでした。猫、大丈夫でした」

もう上がってもらって大丈夫です、とウクレレくんが言う。光莉は本来十三時が仕事上がりで、入れ替わりでウクレレくんが入るシフトだったのだが、彼の飼い猫のマダムキャメロン――愛称ロンロンの具合が悪くなったから病院に連れて行きたい、と頼まれて彼が来るまで残業していたのだった。

「ロンロン、何だったの？」

「ごはんを全然食べてくれなくて、絶対どこか悪いんだと思ったんですけど、先生が言うにはハンストだと」

「ハンスト？」

「ぼくのミスでいつものカリカリのキャットフードがなくなっちゃってて、二回だけ、とろとろをあげたんです。そのフードを気に入ってしまって、カリカリなんて嫌だって思ったようで」

「ああ、こっちじゃなくてあのご飯をだせ！　ってことね」

微笑ましくて、光莉が笑う。廣瀬が「猫缶とか、まじで美味《うま》そうな匂《にお》いするやつあるもんなあ」と感心したように言うと、「情けないよ」とウクレレくんは眉《まゆ》を下げた。

「ぼくのミスで別の味を覚えさせてしまって、マダムキャメロンを苦しめてしまった。マダムキャメロンの体のことを考えたらカリカリが一番だから、とろとろフードには変えてあげられないし」

ウクレレくんは、マダムキャメロンにめろめろなのである。

「というわけで、もう大丈夫です。中尾さん、ご迷惑をおかけしてすみませんでした」

深々と頭を下げるウクレレくんの手をがっと握って、光莉は「むしろ、ありがとう」と心を込めて言った。

「ほんとうに、ありがとう。今度、ロンロンにとろとろフード、はダメか。ネズミのおもちゃでもプレゼントさせて……！」

ウクレレくんが通常通り出勤していたら光莉の残業もなく、そうなると采原に会えなかったのだ。ロンロンのお陰、と言っていい。

「え？　あ、はあ」

ウクレレくんはきょとんとしていたが、廣瀬はにやりと笑い、「これで、行けるじゃないすか」とイートインスペースの方を指した。

「え、えー!?　行ったら悪くない？」

「店長じゃなくて、ツギさんの方に行けばいいんすよ。あの量じゃ、もうしばらくは食ってるでしょ」

「廣瀬くん、最高」

ダッシュでスタッフルームに戻り、大急ぎで着替える。普段は殆《ほとん》ど覗かない鏡を前に髪とメイクを直し、ペットボトルの紅茶とプチシューを買ってから、光莉はイートインスペースに飛び込んだ。

四人掛けのテーブルに、志波と采原が向かい合って座っていた。ツギはカウンター席に陣取ってもりもりと食べている。光莉は「横、いいかな？」とツギに声をかけた。

「ああ、いいよ。光莉さん、今日はもう上がり？」

「そうなの。小腹がすいたから、ちょっと食べて帰ろうかと」

紅茶とプチシューを置いて隣に座ると、ツギが「そんなんじゃ、足りねえだろ」と言った。

「もっと食わねえと、夏は乗り切れねえぞ。ほら、これ食えよ。まだ手を付けてねえから」

ツギが差し出してきたのは、『ナンプラー香るピリ辛春雨サラダ』のカップだった。この夏の新商品だが、その上にごろごろとアボカドが載っている。そういえば冷凍のカットアボカドも買っていたっけ、と思い出す。

「そろそろアボカドが溶けてうまくなってる。混ぜてから食ってみ」

未使用の割りばしも渡されて、光莉は「えっと、頂きます」と手を合わせてからカップを手に取った。

ひんやりとしたアボカドは、口の中でとろりと溶けた。ごま油とナンプラーのきいた春雨ときくらげが合わさって、コクが増す。

「あ、美味しい」

「だろ？　アボカドを溶かすまでに時間がかかるのが難点なんだけど、シャーベット状で食うのも美味いんだ」

「なるほどねえ」

アボカドの芯《しん》の部分はまだ少し凍っていて、それもまた美味しい。食べていると「アルフレッド様とはやはり考えが違うんですね」と采原の項垂《うなだ》れた声が聞こえた。

「当然ですよね。分かっていたつもりなのにショックを受けるなんて、だめだな、ぼく」

「ショックを受けなくても、いいと思いますけど」

そっと振り返ると、志波が困ったように眉を下げていた。

「質問は、好きな女性とライバルが崖《がけ》から落ちそうになっているとしたらどっちを助けるか、でしょう？　好きな女性と一緒に落ちるなんて答え、そうそう導き出せませんよ」

なんて質問をしてるの、或るくん。

一瞬で、向こうの会話に意識を持っていかれた光莉だった。

でも、アルフレッドならそう答えるわね。そして店長は、まずそんな答えは出さない。ぼくの命と引き換えにふたりを助けるというのはダメですか？　なんてことを言いそうなのが店長なのよ。

「それに大事なひとの幸福がぼくの近くにないのなら、ぼくは離れていていいと思うんです。なので、監禁とか拘束とか、そういうのにはまったく興味がないですし」

ああ、待って！　待って或るくん！　その前にどんな話をしてたの⁉　あなたの口から拘束なんて言葉が飛び出したというの？　嘘《うそ》でしょ⁉　光莉が叫びだしたいのをぐっと堪《こら》えていると、采原が「ああ、だめだ、ぼく」と頭を掻《か》いた。

「だめですね。ぼくも、ぼくの理想をあなたに押し付けようとしてた」

声が潤《うる》んで、光莉ははっとする。そっと、どころではなくがっつり振り返ると、采原は両手で顔を覆《おお》っていた。肩が微《かす》かに震えている。

「すみません、すみません。こんなところまで押しかけてきて、理想と違うって勝手にショック受けてるぼく、迷惑ですよね。失礼ですよね。ごめんなさい」

「あの、采原さん？　落ち着いてください。迷惑とは思っていませんよ。でも、どうしてあなたが悲しんでいるのか教えてください」

しばらくの沈黙が落ちた。ず、ず、と采原が鼻を啜《すす》る音だけがときおり聞こえる。志波に光莉、ツギまでも息を潜めていた。

「ぼく、ブレ男って言われてます」

ぽつりと、采原が言った。

「キャラがブレてるから、ブレ男です。最初は、リーダーでした。戦隊モノでいうところの赤です。でも『合ってない』と周囲から言われて……自分でもそれは分かってました。ぼく、クラスの端っこで仲のいい友達とだけ遊べていたらそれで満足していたから、中心に立ったことなんてない。リーダーシップなんて持ち合わせてないんですよ。次は黄色……ワンコ系でいけと言われました。弟感を出せって言われましたけど、ぼくこれでも五人兄弟の長男です。可愛らしく思われる甘え方ってどんなんですか」

「ははあ、ぼくは三男です」

志波がどうでもいい相槌《あいづち》を打った。それ、いまは関係ないから！　と光莉は思うも、采原の話が気になるので口を噤《つぐ》む。

「ヒーローものはだいたい五色でしょ？　でもQ-wickは八人もいるんでね、どこかしら被りますよ。津島みたいに、青がばっちり似合うやつもいる。島袋は黒。だからいろいろやりました。でも毎回『イメージと違う』『なんか合わない』。その果てに『ブレ男』と言われ始めた。分かってますよ、自分に魅力がないことくらい。だから何をしてもだめなんだ」

ああ、そんなに悩んでいたのか。光莉は、自分が彼の苦悩を娯楽として消費していたような気がして、恥ずかしくなる。頑張ってアイドルしている男の子、としてしか見ていなかったのではないか。わたしは彼の苦しみを、ほんとうには理解していなかった。

「ぼくの理想を押し付けてしまってすみませんでした。『イメージと違う』なんてぼくが一番言われたくないことだったのに……」

ため息を吐いた采原に「ひとの目を気にしてはいけないと思いますよ」と志波が言った。

「あなたにはあなただけの魅力があると思います。あなたらしくいればいいんじゃないでしょうか。ぼくはいまのあなたが素敵だと思います」

にっこりと笑った志波に、采原はまた、両手で顔を覆った。肩もまた震えている。志波の言葉が彼を救ってくれればいい、と光莉は思う。

しかし采原が発した声は、沼から浮き上がってきたもののようにじっとり重たかった。

「どこがどう素敵やって言うとね……ぼくらしくいたって、ダメなもんはダメなんよ。あなたはあなたらしくそのままでいい、って言葉は、綺麗《きれい》に咲いている花だけが与えてもらえる水みたいな言葉やんか。雑草は引き抜かれておしまいやん。ぼくは雑草であり〝おしゃれなカラス〟なんよ。知っとるね？　おしゃれなカラス」

「知ってます」

答えたのは光莉だ。昔、恒星に読んであげた絵本の中にあった。

神様の前でもっともうつくしい鳥を選ぶコンテストが行われることになる。いろとりどりのうつくしい鳥たちが自慢の羽を整えて会場に向かう中、カラスは地面に落ちた羽を拾い集めて自分自身を飾り立てるのだ。誰よりも華やかな姿になったカラスを見て、神様は「お前がいちばんうつくしい」とカラスを褒め称《たた》えるのだが、それを見たほかの鳥たちが「おかしい」と騒ぎ立てる。ああ、あれはおれの羽だ、あら、わたしの羽もあそこに刺さってる。怒った鳥たちはカラスのからだからそれぞれの羽をむしり取り、カラスは元の真っ黒な姿に戻ってしまう——そんな話だった。光莉が語ると、采原が「そうそれ」と頷く。

「何かしらで飾り付けても、しょせんカラス。ぼくは結局、ダメなんよ」

絵本では、みすぼらしくなったカラスが泣いているシーンで終わった。嘘をついて己を飾っても誰かに見抜かれてしまう。嘘はダメなんだよ、と恒星に話して聞かせたっけ、と光莉は思い出す。

「ブレ男だなんて、呼ばれたくない。でも、魅せる中身もない。ああ、ほんとに自分が情けない」

ははは、と力なく采原が笑う。

「……その話、続きがあるの知ってるか？」

ふいに、ツギが口を開いた。

「情けなくて泣くカラスに、神様が言うんだ。お前はそんなにうつくしい黒を持っているのに、どうしてそれを磨かなかった？　誰も、お前ほど艶《つや》のある黒を持っていないのに」

へ、と采原が声を漏らした。

「自分の持っているものを磨く、これがその話のもうひとつの教えだと俺は思う。それでいえば、お前はお前を磨くべきだ。誰かの羽で飾ることはせず」

話の間にも食べ進めていたのか、ツギの前には空容器が山になっていた。

「自分自身のいいところ、少しは分かるだろう？　それを磨け。あんたは自分のことを雑草だと言うが、いろんなひとの中から選ばれて華やかな世界に立ってるんだろう？　そんな風に卑下する暇があったら勝ち目を探せ。例えばこれ」

ツギが出したのは、タマゴコッペパンだった。

「言わばコッペパンにタマゴサラダを挟んだだけのドシンプルなものだ。でも、テンダネスの惣菜《そうざい》パンのトップを走ってる。それは、いまの味よりもっと美味しくなるはずだ、と担当者が味の完成を諦《あきら》めていないからなんだ」

パッケージから取り出したツギが、大きな口でぱくりと食べた。

「美味い」

目元をきゅっと細めて、しあわせそうに微笑む。口の端に少しだけついたタマゴサラダをぺろりと舐《な》めとって「ほんとうによくできてる」と付け足した。

ぐう、とお腹が鳴る音がして、それは采原の腹から発せられたらしかった。ぱっと顔を赤くしてお腹を押さえる。

「あ、ごめんなさい。あの、食べて、なくて」

見れば、采原の目の前にはいくつものお弁当やスイーツが並んでいたが、どれも手が付けられていなかった。あんなに楽しそうだったけれど、それは無理をしていただけだったのかもしれない。

「なんだ、食欲湧《わ》いたか？」

ツギがレジ袋の中からタマゴコッペパンをもうひとつ取り出し「美味いぞ」と付け足す。それに対して采原は「いやその、悪いんで」と遠慮する。しかしそれにまた、腹の音が重なった。ツギが声をあげて笑う。

「そこまで『美味そう』と言ってもらえたら嬉しいもんだな。アレルギーの問題ってわけでもないんなら、遠慮なく食ってくれよ」

ほら、と差し出されて、采原がおずおずと受け取った。大きな口で齧りつく。少しの間のあと「美味い」と呟いた。

「タマゴコッペパンって、こんなに美味かったっけ」

「コッペパンって言っても、どれも同じじゃない。タマゴサラダに合うものをいちから作ってるんだ。タマゴサラダも、塩コショウの量やどんなマヨネーズをどれだけ使うか、ちゃんと計算してる。そうそう、中身はタマゴサンドイッチと同じだろ？　って言う奴《やつ》がいるけど、ぜんっぜん違うぞ。合わすパンが違うんだから、味ももちろんのごとく、変えてるんだ」

ツギが言う。それでもまだ足りない、って試行錯誤してるひとがいるんだ。上を目指してる。

パンを飲みこんだ采原が、じっとタマゴコッペパンを見つめた。

「ぼく、試行錯誤が足りなかったのかな」

「さあ？　それは分からんけど、さっきの話を聞く限りでは、タマゴコッペパンを目指すのもいいんじゃないかと思っただけだ」

もうひと口頬張ってから、ツギは「それに、他の羽で飾る行為も悪いっていうわけじゃない。いい場合だってある」と言った。

「例えば、テンダネスが最近アピールしていた食い方が、これ」

レジ袋からひとロフライドチキンの紙袋を取り出したツギは、半分ほど食べたタマゴコッペパンにチキンをぐいぐい押し込むように載せていった。

「ああ、〝テンダネス瓦版《かわらばん》〟のチキンタマゴコッペパンですか」

光莉が言う。〝テンダネス瓦版〟というどこか古臭いタイトルのそれは、お客様に無料で配布しているチラシだ。九州内でのちょっとした話題や、観光地の宣伝。新商品の告知など、案外と読み応《ごた》えがある。ときどきレジャー施設の割引券がついているのでお得感もある。その中で最近好評なのが、アレンジ飯コーナーだ。読者からの投稿メニューもあって、なかなか面白い。それを見て商品を購入していくひともいる。

タマゴコッペパンにひと口フライドチキンをトッピングしたチキンタマゴコッペパンのアレンジはその中でも好評で、いっときはふたつの仕入れ数を増やしたほどだった。

「俺はそのレシピに、これを加える」

ツギは別売りのかりかりタルタルソース——食感を楽しめるように大きく刻まれたピクルスが入っている——を出すと、上にむりむりとかけた。

「これが、また美味い」

ツギはさっきよりも大きな口でかぶりつき「むふふ」と嬉しそうに笑った。

「お前もやるか？」

チキンとタルタルソースを見せるツギに、食べている最中だった采原がコクコク頷く。ツギがふたつを渡すと、嬉々《きき》として詰め始めた。それから待ちきれないように口に運ぶ。

「うまー」

采原の顔がほころんだのを見て、光莉はほっとした。項垂れている顔をいつまでも見ていたくはない。

「いきなりがっつり系に変わるんすね、驚いた」

「そうなんだ。でもきゅうりの浅漬けを載せると、さっぱりする。いろんなアレンジがあると思うね」

ぺろりと平らげて、ツギは満足そうに自身の腹を撫《な》でた。

「でもさ、どんな食材と合わせても負けない、どころかますます美味くなるってすごいことなんだ。元がしっかりしてないとできないことだ」

「元がしっかりしてないと、か。なるほどなあ」

采原がしみじみと呟いた。それから「頑張れば、カラスも綺麗に華やかになれるってことですね」とツギを見た。

「まー、そうかもな」

ツギはペットボトルのお茶を喉《のど》を鳴らして飲み「つーか、邪魔してすまん」とくるりと向き戻った。

「あとは店長さんと、どうぞ」

「え？　あ、あの、あなたは一体……」

「ええと、おれはただの常連客です」

名乗らないツギは、どうやら身バレを避けているのだと光莉は気付く。だから「ええ、常連さんです」と微笑んだ。

「ね、店長」

「え？　ええはい、いつもご利用いただいております」

にこにこと笑う志波に、「すごいなあ」と采原は感動したように目を潤ませた。

「何なんですか、この店。アルフレッド様みたいな店長さんがいるかと思えば、毛玉兄貴みたいなお客さんまでいるんですか！」

光莉の口の中で、「ギョフ」と変な音がした。

いま、毛玉兄貴って言った……？

それはまさしく、自分がネットで連載している『毛玉兄貴の野郎ライフ』の主人公ではないか？　そのモデルはまさしくツギ——志波二彦《にひこ》そのひとである。

「なんじゃそら。俺はそんなんじゃない」

ばさりとツギが切って捨てると、采原は「ああ、すみません。えっとえっと、毛玉兄貴よりは『いせマス』のウェグナー騎士団長のほうが近いですよね。団長は隻眼《せきがん》なんですけど、その目を隠す前髪の具合がちょうどいい感じがします。雑にまとめられた髪も素敵です。あ、あの団長ってぼくが一番憧《あこが》れているひとでして、だからちょっと愛を重たくさせてしまいそうだなって思って言えなかったんですけどでもまじ団長です。端的に、三次元化すごい。声も想像を通り越してもはや本人。奇跡の適合率です。鼓膜が喜んでます。あの、『オレにすべてを預けろ』って言ってもらえませんか。えっと録音させてくれたらもっとありがたいんですけど」と捲《まく》し立てるように喋り始めた。

光莉はそれを見ながら、或るくんに惚《ほ》れ直しちゃう……と感動していた。自分が喋っているのかと思った。そうそう、そうなのよ、髪をひとつ結びにしたツギくんって団長なのよ。団長よりいささか面倒見がいい気がするんだけど、あの団長が自分にこんなに親しくしてくれるの？　って思えばむしろご褒美《ほうび》ですもんね。分かる分かる。ていうか話を戻せば或るくんの口から毛玉兄貴って単語が出るのが奇跡なのよ。読んでくれていたってことでしょ？　推しがわたしの漫画を読んでるって、何それすごくない？　ああ、わたしこれからもっともっと頑張ろう。もっともっと素敵なお話を描《か》いて、彼に読んでもらおう。彼の一日の少しの時間でいい、彼の時間を豊かに満たせる漫画を絶対描こう……！

ひとり興奮していた光莉がふと目を向ければ、こういう席ではいつもにこやかに話に耳を傾けている志波がスマホをせっせと操作していた。どこか楽しそうな様子に、「店長、どうしたんですか？」と訊く。ぱっと顔をあげた志波は「本、注文してました」と笑った。

「采原さんからさっき『転生できたのでゴブリンの嫁になります』という作品についていろいろ伺ったんですよ。ぼくに似ているというアルフレッドがどういう人物なのか気になるし、何より、作品の世界観がとても面白そうで。異世界転生という言葉、初めて知ったんですけど想像が広がって面白いですね。なので読みたくなっちゃって、知り合いの書店に既刊本全部注文しました」

嬉しそうにスマホをしまった志波は「采原さんのプレゼンがすごくよくて」と采原に話を向ける。

「物語に対する思いの強さや愛情がひしひし伝わって来たんです。そんなひとがこんなに熱心に語る本は、きっと面白いに違いないと思いました。これまで手に取ることも考えなかった本に触れるきっかけをくださってありがとうございます」

采原が驚いたような顔をして、それからすぐに照れる。

「いや、え、えっと、その、好きだからべらべら喋っただけで」

「そのお話がとても面白かったんです。ああ、絶対読みたいと誰かに思わせるってすごいことだとぼくは思いますよ」

早く読みたいなあ。声を弾ませる志波を前に、采原はふっと真面目《まじめ》な顔を作った。

＊

采原或るが、雑誌に『異世界に行ったらやりたいこと10』というエッセイを掲載し、それがとてもいい内容だと話題になったのは、それから少ししてのことだった。

子どものころから異世界を舞台にした物語が好きで、物語の中で力強く生きている登場人物たちに毎日を生きる元気や、やる気をもらえていたこと、どれだけ挫《くじ》けそうになっても前を向けたことなどが丁寧に描かれたエッセイだった。

『座右の銘は、〝生きてこそ世界を獲《と》れる。あいつを笑わせてやれ〟です。これは〝異世界召喚されたら魔術師の肩に乗ってるゆるふわマスコットでした〟というラノベのウェグナー騎士団長のセリフです。どんな姿でどんな過酷な状況に追い込まれても耐え続けた主人公がたった一度、死んだ方がマシだという喪失感にくずおれそうになるんですが、そのときにウェグナー騎士団長が主人公を鼓舞するために言うんです。ぼくも、彼によく似たひとにそのセリフを言ってもらい、その声を大事にして生きています』

創作に対する深い愛情や尊敬が感じられるエッセイは、物語を愛する多くのひとに支持された。

もちろん、光莉もその中のひとりだった。雑誌の発売日前日にフライングゲットし、泣きながら読んだ。誰でも一度は、物語の登場人物を友として、辛さを共に乗り越えたことがあると思う、という一文には「分かる。そうだよね、分かる」と何度声を出したことか。

しかし、気になるのがここ。

『ぼくも、彼によく似たひとにそのセリフを言ってもらい、その声を大事にして生きています』

ツギくん、録音させたんだ……。

あのとき、夢のようなことが続いてしまったせいで、光莉の脳はキャパオーバーを起こしてしまっていた。ふっと気付けば、ところどころ会話が抜け落ちているのだ。だから三人の会話をぼうっと聞いてしまっていた部分がある。ああ、わたしのバカ。大バカ。わたしもこっそり録音するべきだったのに！

「廣瀬くん、ひとって予想外のしあわせが降りかかるとスリープモードになるのかな……」

平日の昼下がり、仕事中である。今日は志波が休みということもあって、店は閑散《かんさん》としていた。光莉がぽつりと呟くと、隣でタブレットを操作していた廣瀬が「はあ？」と不思議そうな顔をした。

「言ってる意味が分かんねえす。ていうか中尾さん、采原が来てからこっち、夢見心地で生きてますよね」

「ははは、君からそう言われるなら、きっとそうだと思う。いや実際、夢見心地だったんだけどさ、いまは自分の不甲斐《ふがい》なさに唇嚙んでるのよね。わたし、何年オタクを称号と掲げて生きてきたんだっけ。あんまりにも、不甲斐ないわ」

最近癖になってしまったため息を吐く。と、廣瀬が「うへぇ!?」と素《す》っ頓狂《とんきょう》な声をあげた。

「なに、どうなって……!?　中尾さん、見て！」

あまりに動揺した声に顔をあげた光莉はぽかんと口を開けた。

駐車場に滑り込んできたのは、ツギが借りていたパステルイエローのバンだった。運転席にはツギ、そして助手席には。

「或るくん！」

笑顔の采原或るが座っていた。

「移動式の本の販売カーをやろうと思いまして！」

バンを降りた采原は、笑顔で車を指した。この間までは動物が笑っていた車体に『Q-wick　移動本屋さん』と文字が入っている。

「Q-wick で YouTube チャンネルを開設していて、その中の企画としてぼくが提案したんです！　この車で九州中を回って、本を通じてファンの方とお話しするっていう内容で。ぼくひとりでもやりたいって言ったんですけど、メンバーも面白そうだって賛同してくれて、Q-wick メンバー全員参加の企画にしようってことになりました。この車にメンバーが入れ替わりで乗って本を売るんです」

バンの中は書架が作りつけられており、本が詰まっていた。絵本や児童書、文庫本や単行本に、画集などもある。

「俺の知り合いの店に持ち込んで、リメイクしてもらった。なかなかいいだろ」

ツギが改装の手伝いをしたのだと言う。こういう仕事もいいもんだなあ、とツギは楽しそうに笑った。

「すごく素敵……、あ、椅子は残したんですね」

小さな椅子がふたつ、残されていた。

「大人でも座れんことはないし、或るがあの椅子に子どもが座って本を読んでいる姿が見たいっていうもんでな」

ツギがやさしく笑い、采原は「夢があっていいじゃないですか」と言う。

「この車で買った本がファーストブックだという子がいたらいいなあ、あの椅子で読んでくれたらなあという、ぼくの小さな夢です」

ひとつの書架は『メンバーおすすめ作品』と札が付けられている。采原或るの棚にはもちろんと言うべきか『異世界召喚されたら魔術師の肩に乗ってるゆるふわマスコットでした』や『転生できたのでゴブリンの嫁になります』が既刊すべて並んでいた。津島の棚はお菓子のレシピ集。島袋の棚は筋トレ本。

「ああ、いいですね。おすすめ本、嬉しい。これ、すごくいい！」

「でしょう！　ぼくらしさ、ぼくが磨けるところは何かって考えて、本かなって思ったんです。アピールポイントは、読書好き！」

采原は、車体と同じパステルイエローのツナギを着ていた。「じゃーん」と背中を見せられると『Q-wick』のロゴが入っている。

「かっこいい！」

「いいでしょう？　まあこれはツギさんをイメージしてるんですけど」

ふふふ、とはにかんで、采原は「あのときツギさんに出会えてよかった。ウェグナー騎士団長の応援を貰っておいて前に進めないなんてあっちゃならないことでしょ？　ぼく、自分のいいところを磨いて磨いて、アイドルの世界の頂点を獲りますよ！」と胸を張ってみせた。

「やだ、すごい……。なんて前向きなの……」

前に向かっていこうとする姿が素晴らしい。光莉の目頭が熱くなる。

「わたしもぜひぜひ応援したい。じゃあこっちのQ-wickの写真集にサイン貰っていいですか」

「あ、いまここに並んでるのは全員のサイン入りですよー」

「え、じゃあ保存用にもう一冊ください」

いそいそと財布を開けて、本を買う。采原は「ありがとうございます！」と白い歯を零《こぼ》して笑った。

「やあ、これは素晴らしい」

やって来たのは志波だった。Tシャツにチノパンという普段着で、寝ぐせがついている。もしかしたら寝起きかもしれない。

「可愛い車ですねえ。移動書店ってところですか？　いいな、こういうのが田舎の山奥にまで来てくれると、きっとたくさんのひとが喜んでくれると思いますよ」

志波は興味深そうに車内を見回し「すごいなあ」と嬉しそうに言った。

「素晴らしい行動力だ。素敵です。かっこいい」

志波の言葉に、采原が「ありがとうございます！」と頭を下げる。

「そもそもはアルフレッド様が助けてくれたお陰です。ほんとうに、ありがとうございました」

「ぼくは、何も。でもぼくたちの出会いがこんな一歩になったというのは嬉しいな。ぼくこそ、ありがとうございます。あ、中尾さんはさっそく本を買われたんですね。ぼくも買わせて頂こう」

どれにしようかな、と志波が見回す。采原がすかさず「これをぜひ！」と書架から本を数冊抜いた。

「絶対、これです！」

「ははあ、これは『いせマス』ですね。覚えましたよ。では、これをください」

志波は采原の手の本を受けとり、会計をすませた。

「また、来ます。みなさん、ほんとうにありがとうございました」

門司港レトロ海峡プラザで見かけたときとはまったく違う、晴れやかな笑顔で采原は帰っていったのだった。

「ああ、夏が終わる……」

彼を見送ったあと、光莉はぽつりと呟いた。バンの消えていった先の空に、イワシ雲が広がっていた。あんなに乱暴だった日差しが幾分柔らかくなり、肌に触れる風は少しやさしい。秋がそろりと近づいてきている。

「いい夏でしたね」

空を仰いだ志波が言い、「そうですねえ」としみじみ返す。

ほんとうに、いい夏だった。ときめきや輝き、学びや反省などさまざまなものを与えてくれる出会いがあった。推しはますます推しになったし、推しのためにと思えば毎日が鮮やかになった。仕事も、趣味も、もっと頑張れる。

ああ、ほんとうにいい夏だった。

数日後、志波がしょんぼりと肩を落としていた。光莉の顔を見ると何か言いたげな顔をし、しかしため息を吐く。二日ほど我慢した光莉だったが、ファンクラブから「どうしたのかしら？　みっちゃんが元気ないの」と相談を受けて仕方なしに「どうしたんですか」と訊いてみた。

「あのう、ぼく、あれを読んだんだ」

「は？　あれって何ですか」

「ぼく、好きな女性を侮辱されたからって女性の髪を切り落としたりするように見えるのかな？」

泣き出しそうな顔で問われて、一瞬きょとんとした。何のこっちゃ、と考えて、それからはっとする。そういえば『取り寄せをお願いしていた本がようやく届いたんです』と言っていた。志波が取り寄せていたのは『ゴブ嫁』だ……！　そうか、ほんもののアルフレッドの残酷な所業を見たのか！

「ぼく、好きだからって女性を薬物で管理しようなんて思いません。でも、彼にはそう見えちゃったんですよね……」

志波がからだを小さくして言う。

「えーと、店長がアルフレッドに似てるのは、容姿だけですよ」

光莉は、夏の名残がこんなところにあったのか、と思わず笑ってしまったのだった。

第二話

ハロー、フレンズ

井上佳織《いのうえかおり》は、酷《ひど》いホームシックに陥っていた。

自分では軽症だと思っていたけれど、毎日少しずつ埃《ほこり》が厚みを増していくように、ゆっくりと酷くなっている気がしている。

歩く女性の背中が母に見え、なんてことのないスーパーの惣菜《そうざい》が父の料理を連想させる。通りすがりの子どもの無邪気な笑い声が姪《めい》っ子のそれに聞こえ、よその家の窓からこちらを見ている猫が実家の飼い猫の姿に重なる。もちろん、それらは全部、自分の錯覚だ。一瞬でしあわせに満たされたかと思えば、一気に萎《しぼ》む。その繰り返しで、そしてそれと一緒に〝元気〟も萎む。これまでは無尽蔵に溢《あふ》れている気がしていた〝元気〟だけれど、枯渇《こかつ》してしまったようだ。最近は、何にもない場面で、勝手に涙が滲《にじ》むようになってしまった。

帰りたい。でも、帰れない。

佳織は半年前に、滋賀県甲賀《こうか》市から大分県別府市に意気揚々と嫁いできたばかりなのだ。

合コンで知り合い、付き合って一年経《た》った十歳年上の恋人、井上三千緒《みちお》が実家の動物病院を継ぐことになり、『ぼくと結婚してください。そして、一緒に来てほしい』とプロポーズされたとき、佳織は、来るべきときが来たんだ！　と少しも悩むことなく快諾した。

三千緒のことは大好きだし、何より尊敬している。佳織より知識に溢れているし、人生経験も積んでいる。三千緒の言う通りにしていたら何の心配もない。包容力のあるひとでもあるし、一生傍にいたいと思っている。交際前から、いずれは実家を継ぐ予定であることを聞いていたから、ついていく覚悟はできていたつもりだった。

周囲は少しだけ、反対の色が濃かった。三千緒に対する不信感などではなく、佳織の年齢が、二十三歳といささか若かったからだ。大学を卒業し、社会に出てからわずか一年。ひとり暮らしの経験もない。そんな子が遠方で結婚生活を送るなんて、きっと苦労をする。

そんなことない。三千緒くんと一緒ならどこでだって頑張れるよ。

眉《まゆ》を寄せるひとたちを、佳織は一所懸命に説得した。好きなひとと暮らすんだもん。新しい土地でも全然平気だよ。私の夢が、幼稚園の梅組のころから『お嫁さん』だったこと、知ってるでしょ？　夢が叶《かな》うんだもん、絶対大丈夫に決まってる！

もちろん三千緒も、佳織にいらぬ苦労はさせないとみんなに誓ってくれた。天地神明に誓って、絶対に彼女に辛《つら》い思いはさせません！　それでどうにか、賛成してもらったのだった。

盛大な結婚式を挙げ、みんなに祝福されて、佳織は別府にやって来た。

新婚生活は、順調だった。新居から徒歩五分の距離に住んでいる三千緒の両親は『こんな遠くまで嫁に来てくれただけでありがたい』と実の娘のように大事にしてくれる。経営している動物病院は義理の両親と三千緒、ベテランスタッフふたりでじゅうぶん機能しているらしく、佳織が夫の職場を手伝うことはない。

三千緒は、妻に専業主婦を求めるひとだった。子どものころ鍵《かぎ》っ子だったことが哀《かな》しい記憶になっているらしく、『帰ったときにあったかいご飯の匂《にお》いで出迎えられることが、何よりうれしい』と言う。夫を哀しませるより喜ばせたいと佳織は思ったから、三千緒の希望通り、専業主婦として家にいる。

ひとが聞けば、『恵まれている』と言うだろう。実際、地元の親友である大木《おおき》博美《ひろみ》に電話で近況を話すと、『贅沢《ぜいたく》すぎる……』とため息を吐《つ》かれた。

『毎日残業と資格取得の勉強でへとへとの身としては、アラブの石油王の妻と佳織の区別がつかんわ。でもさ、ほんと、いい結婚したね。よかった』

親よりも心配してくれた親友が心から安堵《あんど》している気配が感じられて、佳織は言いたかったはずの言葉を飲み込んで、『でしょう』と明るい声を作った。『寂しい』なんて言える雰囲気じゃなかったし、何よりいまの状況での自分の悩みはただの甘えだと、自分自身が思っていた。夫も義理の両親も優しい。三千緒など、地元に戻ってきたばかりで大変なこともあるだろうに、佳織に少しの不満も零《こぼ》さない。どれだけ疲れて帰っても、患畜の急変で遅くに病院に呼び戻されても、笑顔で佳織に接してくれる。『ひとりにしてごめんね』とまで謝ってくれる。だから不満なんてどこにもないはずだ。帰りたいと思う自分が我儘《わがまま》なのだ。

でも、帰りたい。

そのことしか考えられなくて、そのせいで楽しく鮮やかだったはずの生活がくすんで見える。毎日が、手の中からさらさらと砂が零れ落ちるように流れていく。立ち尽くすような虚《むな》しさに襲われる。私は一体、ここで何をしているんだろう。朝起きて、実家のそれではない天井を見るだけで、軽い絶望を覚える。

そんな我儘が今朝、とうとう零れ出てしまった。朝の情報番組をBGM代わりに流しながら朝食の支度をしていると、甲賀市からの中継が始まった。『こちら、信楽陶苑《しがらきとうえん》たぬき村からでーす！』と男性リポーターの明るい声がして、何度か訪れたことのある景色が映った。気付けば、吸い寄せられるようにテレビの前に座り込んでいた。たった数分のリポートはあっという間に終わったが、しかし佳織は動けなかった。まるで、故郷が永遠に消え去ってしまった気がして、ぼろぼろ泣いて、泣きじゃくっていた。

起きてきた三千緒は、テレビの前で咽《むせ》び泣いている妻を見て仰天し、具合が悪くなったのかとか、どこかで何か恐ろしい事件でも起きたのかと慌《あわ》てて尋ねた。

いまなら、言えるかもしれない。ここしばらくの自分の苦しみを告白できるかもしれない。そう思った佳織だったが、しかし口は動かなかった。

「あー、ええとその、猫が、出てて。それが、ちょっと泣けるお話だっただけ」

嘘《うそ》だけは、滑らかに転がり出た。三千緒はホッとした顔をして、佳織を抱きしめた。

「まったく。朝は明るい気持ちになれる報道を心がけてもらいたいもんだね。ぼくの心臓に悪いや」

やさしくて温かい夫の胸の中で、佳織は目じりに残った涙をひっそりと零した。

それから、どう三千緒を送り出したのか覚えていない。無心で、まだ初々《ういうい》しさの抜けない新居の掃除を終え、佳織はのろのろと歩いて関の江海水浴場までやって来た。場所はどこでもよかった。自分の中に渦巻く、孤独に似た哀しみから、逃げたい一心だった。

夏には多くのひとたちが海水浴を楽しんで賑《にぎ》わっていたが、九月にもなると静かだ。散歩をしている親子や日陰でうたた寝をしているおじいさん、日傘を差してシルバーカーを押しているおばあさんなんかがちらほらといる。

佳織は誰もいない木陰に腰掛けて、目の前に広がる海にぼんやりと視線を投げた。澄んだ空に夏の名残の入道雲がやわらかく広がり、波はさわさわと微《かす》かな音を立てて寄せている。遠くに船が渡り、海鳥がさあっと舞って消えた。硫黄と潮の香りが混じった匂いが鼻を擽《くすぐ》る。

義理の両親に挨拶《あいさつ》をするために別府市に来て、この海岸を訪れたのは、ちょうど一年前だった。そのとき佳織は、こんなうつくしい景色を毎日見られるようになるなんて嬉《うれ》しい、と三千緒に言った。海のない街で生まれ育った身には、広大な海原は心奪われるに十分だった。

なのに、たった半年でくすんで見えちゃうなんて、ね。

哀しくなって、佳織は小さく笑う。自分が情けない。私の覚悟って、自信って、あんまりにも薄っぺらだった。

ああ、寂しい。毎日のように眺めていた飯道山《はんどうさん》。学生時代に通っていた定食屋さんの大盛りかつ丼《どん》。姪っ子とよく行ったゲームセンター。どれも他愛ない場所のはずなのにやけに特別で、帰りたい。

「うぇえ」

蛙が潰《つぶ》れたような呻《うめ》き声がして、それはほかならぬ佳織の泣き声だった。泣いちゃいけないと堪《こら》えたせいか、喉《のど》の辺りで奇妙な音になってしまったのだ。そんな情けない音なのに、でも呼び水となって、佳織の涙腺《るいせん》を刺激する。

「かえりたいよおおお」

抱えた膝《ひざ》の間に顔を埋《うず》め、呻く。ぼたぼたと落ちる涙はあっという間に砂に消える。

「ムカつくわ、あんた！」

突然、怒鳴り声とパーン！　という大きな音があたりに響いた。反射的に自分に対する罵声《ばせい》だと思った佳織は涙を拭《ぬぐ》って顔を上げる。

金髪で、アスリートのようにすらりとした体軀《たいく》の女性が、砂浜で仁王立ちしていた。多分、百七十㎝はあるのではないだろうか。ショッキングピンクのミニスカートから伸びた足は筋肉をほどよくまとっている。シチュエーションが分からず、一瞬、テレビの撮影か何かだと思ったけれど、彼女の前にいるのは頰を押さえてへたり込んだ男だけ。カメラなどはどこにも見えない。女性は男性を見下ろし「腹立つ！」と声を張った。

「朝からずーっとあたしのカッコにダメだし！　あんた一体何様やねんな⁉」

男性はどうやら女性に頰を打たれたらしい。頰に手を当てたまま周囲を見回し、「ちょ、あの、声でかいって。まわりに迷惑だって」と情けない声をあげるが、それを上回る大きな声で「ハァ⁉　ゴリ男《お》がいっちょ前に何言うてんねん！」と女性が叫ぶ。そしてバッグの中から何かを取り出して男に投げつけた。

「ご、ごりおって何だよ、宝《たから》ちゃん。俺はゴリラには似て」

「てめえの趣味ゴリ押しクソ男の略や！」

「趣味ゴリ押しって、そんな」

「ゴリ押しやんけ。さっきからずっと！　そもそもお前だって趣味悪いやろ。何やねん、そのヘルメット頭。キノコか！」

いっそ菌に戻れ！　女性は男に向かって吐き捨てるように言って、砂浜にもかかわらず確かな足取りでその場を去って行った。残された男性はよろよろと立ち上がり、「宝ちゃん」と女性の背に声をかけたが、それよりも自分に向けられている周囲の目の方が気になったらしい。きょろきょろとして、それから誰にともなくへこへこ頭を下げて、その場を逃げるように駆けて行った。砂に足を取られたのか、躓《つまず》いてこけたのを、佳織は見ていた。

「久しぶりのデートだって喜んでいたのに、可哀相」

背後で声がして、驚いて振り向くとシルバーカーを押すおばあさんが立っていた。荷台に乗った真っ白いマルチーズと、まっさきに目が合った。

「え？　えーと？」

自分に声をかけられたのか分からずに首を傾《かし》げていると、おばあさんは佳織の方を見ずに「嬉しい嬉しいって子犬みたいにはしゃいでいたのにね、男のひとはずーっとぶつぶつ言ってるの。清楚《せいそ》系？　に戻ってくれとか、髪があんまり派手すぎやしないかとか。一緒に歩く俺の気持ちも考えてくれ、とか」と続け、「酷いわよねえ、ピエット嬢」とマルチーズに向かって言った。

「え、えーと、あの宝って呼ばれていた子は、彼氏が自分の恰好《かっこう》に文句をつけていたことに怒ってたんですか？」

誰と喋《しゃべ》っているのか分からなかったが、佳織は訊《き》いてみる。おばあさんはそれには応《こた》えず、「でも、いい怒り方だったわねえ、ピエット嬢」と宝が消えて行った方を見た。

「たまには散歩に出るものね。いいぞもっと言え！　って応援しちゃったわ。本人が好きな恰好をして、バカにされてなるもんですか」

「はあ」

「さ。ピエット嬢、行きましょう」

戸惑う佳織を置いて、おばあさんは満足そうにゆったりと歩き始めた。マルチーズだけが佳織の方を見て、「わん」と一声鳴いた。

「……なんだったの、一体」

男女の喧嘩《けんか》も、おばあさんも、まるで突風のようだった。取り残されたように呆然《ぼうぜん》としていた佳織だったが、「あ」と声を出して立ち上がった。さっき、宝が男性に投げつけたものがまだ砂浜に転がったままだったのだ。駆け寄って見ると、それは高級ブランドのオレンジの箱だった。綺麗《きれい》にラッピングされ、ロゴ入りのブラウンのリボンがかけられている。

「ゴリ男からのプレゼントだったのかなあ」

呟《つぶや》いて、佳織は思わず笑う。恋人に対して激怒して、すぐさま『ゴリ男』なんて名前を付け、あげくに『てめえの趣味ゴリ押しクソ男の略』なんてすらすら言えるってすごいセンスだ。咄嗟《とっさ》に上手《うま》いことが言えず、脳内で何度も言いたいことを繰り返して練習する癖のある佳織からしてみれば、得難い才能だ。

周囲を見回すも、宝はもちろん男性の姿もない。少し考えて、佳織は交番に届けるべく小箱を拾い上げた。

小箱を片手に、歩き出す。しばらく歩くと、鼻先を香ばしい匂いが掠《かす》めた。視線を投げれば、『大分からあげ』という幟《のぼり》がいくつもはためいている唐揚げの人気店がある。テレビで何度も取り上げられたことのあるこの店は、県外からわざわざやって来るひとも多い。佳織も、ここに越してきたばかりのころ三千緒と買いに来た。高温でがりっと揚がった唐揚げは、嚙《か》むと熱い肉汁が溢れる。ニンニクを使っておらず、そのせいかどこかさっぱりした味わいで、いくらでも食べられる。自宅に持って帰るつもりだったのに、店外に設けられたイートインスペースで全部食べつくしてしまったのは、いい思い出だ。

平日だというのに、唐揚げ店は客で賑わっている様子だった。何気なく通り過ぎようとした佳織だったが「あ」と声をあげる。イートインスペースの端っこで、唐揚げを頰張っている宝がいたのだ。

この店は揚げたての唐揚げを特製紙袋に入れ、すぐに食べられるよう竹串《たけぐし》をつけてくれるのだが、宝は竹串に唐揚げを刺しては、ばくりと食べている。やけ食い、という言葉がすぐに思いついた。

おずおずと宝に近寄った佳織は「あ、あのう、これ」と小箱を差し出した。

「えっと、落ちてたので、交番に届けようとしてたところで」

「んあ？」

パイプ椅子《いす》に腰かけた宝が、佳織を見上げた。さっきの怒りがまだおさまっていないのか、眉間《みけん》に深いしわが刻まれ、油まみれの唇はぐっと突き出ている。かと思えば手元の紙袋に竹串を突き刺した。がぶり、と唐揚げを噛みちぎる。

「はー？　なに、わざわざ拾ったん？」

低い声で問われ、下から舐《な》めるように見上げられる。睨《にら》まれている、と感じた佳織は「は、はひ」と声をうわずらせる。

改めて見れば、彼女はとにかくカラフルだった。鮮やかなビタミンカラーのトップスにピンクのスカート。手首にさまざまな色のブレスレットをつけ、ニーハイブーツはホワイト。そしてとても綺麗なブロンドのショートヘア。目元を強調した濃い目のメイクにポップなリップ。爪《つめ》は短く切られているけれどキラキラのビジューが載っている。普段着のTシャツにデニムパンツ、すっぴんといった自分と並ぶと、気合の入り方が違う気がする。

「えっと、あ、そのブレスレット、仮想世界……美和《みわ》さん……」

宝の腕を飾るライトグリーンのブレスレットは、佳織の大好きなバンド『仮想世界』のグッズだった。メンバー全員がウサギの着ぐるみを着てハードロックを演奏するのだ。ギターの美和だけは顔出しをしているのだが、目を瞠《みは》るほどのイケメンで、ファンの間で絶大な人気を誇っている。その美和のメンバーカラーがライトグリーンで、佳織も持っている。

「え！　知ってるん？　てか美和っち推し⁉」

「あ、箱推し……。だから全色揃《そろ》えてる……」

「まじか！　あたし、仮想世界ファンと初めて会うた！」

すげえ偶然！　と破顔した宝だったが、すぐに「あ！　そうや。ごめんねええ」と綺麗に整えた眉をぐっと下げた。

「もしかして、もしかせんでもあたしを捜してくれてたんやんな？　ごめんなあ。ていうか、あの場所におったん？　うそ、恥ずかしいなあ。それもごめんなあ、嫌な思いさせたやろ」

まあ座って座って、と宝は自分の隣のパイプ椅子を佳織に差し出し、「あ、唐揚げ食べへん？　腹立ってお腹空《なかす》いたから、二キロも買うてん」と言う。

「おっちゃんが串よぶんにくれてるし、ほら、な？　あ、唐揚げ食べれる？」

にこにこと笑う顔は、とてもやさしい。まるで別人だ。それに驚いた佳織がのろのろと頷《うなず》いてパイプ椅子に座ると、「ほな、どうぞ」と串にふたつも唐揚げを刺して渡してくる。受け取ると「美味《うま》いな、ここ」と宝が店を仰ぎ見た。

「匂いに惹《ひ》かれてんけど、めっちゃ美味い。ほら、熱いうちに食べて」

「え、えっと、その。ありがとうございます」

勢いに圧《お》されて、唐揚げを齧《かじ》る。じゅっと熱い脂《あぶら》の甘さが弾《はじ》ける。はふはふと息をついて、佳織は唐揚げを一気に食べた。そういえば、今朝は食事をする気になれなくて何も食べていないんだった、とちらりと考えた。

その間に、宝は佳織が拾ってきた小箱を乱暴に開けていた。

「これな、付き合って一年記念にプレゼントしよと思ってあたしが買ったもんなんよ」

箱の中には、鮮やかなブルーのレザーブレスレットが収まっていた。

「ずーっと欲しがってたの知ってたから、頑張って買っててんけどなあ」

ちぇ、と宝が小さく言って、寂しく笑う。

「……それは、大変だったでしょう」

佳織はブランドには疎《うと》いが、それでも宝の手の中のものがどれだけ高級かくらいは知っていた。「まあなー」と宝はゆっくりとブレスレットを自分の腕に巻き、「あたしにはちょっとでかいか？　いやいけるか」と眺めまわす。

「バカやな、あたし。物に罪はないんやから、捨てることあれへんのにな。拾ってくれてありがとな、ええと」

「あ、佳織です。井上佳織」

「あたし、榎本《えのもと》宝。宝って呼んで。あ、敬語なしでええよ」

にかっと宝が笑う。

「多分、年近いやろ。あたし、二十二歳。佳織は？」

「二十三歳」

「ひとつ違いか」

ふんふんと頷いた宝は「あ、そうや。あたしたちの話って、あそこでどんだけ聞いてた？　あいつな、久しぶりのデートやのに、あたしのカッコが気に食わんって文句たらたらやってん」と机を軽く叩《たた》いた。

「いままではあいつの趣味に合わせてたんよ。黒髪ロングの花柄シフォンワンピ」

宝は、髪形や服装、ネイルまで男の好みに合わせ続けてきたのだという。でも、ほんとうの自分の好みも知ってほしいと思ったから、今回敢《あ》えて、自分の趣味全開にした。そうしたら、彼氏は「嫌だ」「恥ずかしい」の連呼だった。

「私は可愛《かわい》いと思う」

改めて宝を眺めて、佳織は言う。明るい色の組み合わせは、華やかな顔立ちの宝にとても似合っていた。地味な顔立ちで人目を集めるのが苦手な自分には、絶対できない服装だけれど、だからこそ、似合うひとにはどんどん着てほしい。目の保養といってもいい。

「ありがと！　あたしもこういう服めっちゃ好きやねん！」

にひひ、と宝が笑うも、また眉間にぐっと皺《しわ》を刻む。

「なのにあのゴリ男！　あたしはあいつの見た目に好みを押し付けたことなんてない。こういうのが好きなんやなあって思っただけやった。なのになんであいつ、当たり前みたいに文句言うてんねん。ふざけんな！　クソが！」

ぐさりと唐揚げを刺し、頬張る。「うま！」と大きく頰を膨らませている宝の顔を見て、佳織は思わず声を出して笑った。

「宝ちゃん、かっこいいひとだね」

「えー？　張り切ったカッコしたつもりが、それで別れ話や。かっこええわけないやん」

「それはすごく嫌だろうなと思う。でもかっこよかった。とても」

「褒《ほ》めすぎやわ」

照れたように宝が笑う。そこでふと、佳織は「関西から、観光でここに？」と訊く。

「いや、北九州市に住んどる。高校のとき、親の転勤で九州に越してきたんよ」

「きたきゅうしゅう」

佳織の知らない土地だった。小さく首を傾げると、「知らんかー。ここからだと高速使って二時間くらいかな。わりかし近いで」と宝が言う。

「今回もあたしの車で来てて……ていうかゴリ男どうやって帰るんやろ。ま、ええか、どうでも」

思い出したようにけらけら笑って、宝は「佳織はあそこで何してたん？」と訊いてきた。

「ええと、散歩。私、向こうの方に住んでて」

マンションのある方を指すと、「この辺りのひとか。ほんで、散歩ってことは、佳織はいま暇なん？」と宝が訊く。

「え、あ、はい」

「ほんならさー、ちょっとあたしとデートでもどう？」

にっこりと、宝が笑った。


出会ってから間もないひとと、おでかけ。

普段なら、佳織は断ったはずだと思う。だって、どんなひとかも分かっていないのにそんな付き合いをするのは得意じゃない。でも、佳織は頷いてしまい、宝の車に乗り、宝が行きたいと言った水族館「うみたまご」に来て、イルカショーを眺めていた。大きくしなやかなイルカが、鮮やかに宙を舞う。子どもたちに交じって歓声を上げた後は、さまざまな水槽を眺めて歩いた。

うみたまごに来たのは、二回目だ。一回目はもちろん三千緒と一緒で、でも途中で緊急の患畜さんが来院したとかで帰らざるを得なかった。また来たいと思っていたから、嬉しい。

「なあなあ、別府てすごいな。鼻の中にずっと硫黄がいてる感じする」

「あ、分かる！　私もここに来たときは匂いに驚いた」

行きの車の中で、佳織たちは簡単な自己紹介を済ませていた。佳織は滋賀からこちらに嫁いできたこと（えー、もう結婚してんの？　と宝は酷く驚いていた）。宝は、テンテン引っ越しセンターで働く社会人であること。

『テンテン、テンテン、テンテン引っ越しセンタァー、のテンテンスタッフや』

テンテン引っ越しセンターは、九州内で展開されているコンビニエンスストア――テンダネスの系列会社のひとつだ。九州の民なら誰でも歌えるという、在住歴半年の佳織でもすっかり覚えてしまったCMソングを軽やかに歌う宝に、『事務スタッフとか、コールセンターとか?』と佳織が訊くと『いや、運送スタッフ』と返ってくる。『小学校のときからずーっと柔道やっててな、体力には自信あんねん。力も多分そこいらの男より強い』

ほら、と左腕をぐっと曲げると、滑らかな二の腕に綺麗に筋肉が盛り上がった。『すごい』と佳織が漏らすと『からだ動かす仕事が性に合っとるみたい』と宝は胸を張ってみせた。

「ええなあ。近くに温泉のある生活! あ、ここクラゲやて。クラゲかわいー」

クラゲのコーナーは薄暗く、それぞれの水槽がライトアップされている。光を受けたクラゲたちがゆらゆらと揺蕩《たゆた》っている。それを覗《のぞ》き込む宝の顔は、子どものように無邪気であどけない顔をしていた。「クラゲのこの足みたいなとこって、なんか、レースみたいやな。触りたい」と夢中で見つめている様子をちらりと見て、佳織は「宝ちゃんはすごいなあ」と呟いた。

「さっきも、かっこいいって言ったけど、ほんとうにすごいよ。彼氏と別れた直後だよ? 私だったらいまごろ絶望して泣き喚《わめ》いてる。こんなとこで楽しめないと思う。その強さ、羨《うらや》ましい」

「へ? いや、ほんまは泣きたいよ?」

顔を佳織に向けた宝が、あっけらかんと言う。

「待ち合わせ場所で会って、『何そのカッコ』って呆《あき》れた目で見られた瞬間から、ずっと泣きたい。一番好きな服着て、だからあたしは一番可愛い状態でいるはずなのに、相手は腹立ててるんやもん。そんな簡単に受け入れられんよ。海辺で『恥ずかしいからちょっと離れて歩いて』って言われたときにはさすがにびゃって涙が出そうやった。でもなー。あたし、泣くとあかんねん。泣いてるあたしめっちゃ可哀相！　ってなって、ますます泣いて、ドツボやねん。だから、『怒りすぎちゃう？』って自分で呆れるくらい怒ることにしてる。やから、あのときは思い切り怒った」

自分の好きなものを否定されたときの正しい対応の仕方、というのは佳織には分からないけど、でも宝の行動は正解だと思った。ピエット嬢を連れたおばあさんも、『いい怒り方だった』と言っていたくらいだ。でも。

「だからって、それで、怒れるものなの？」

「そこはもう、やるねん。徹底的に、めっちゃ怒る。悲しいときって、ひとは涙を流しがちやん？　それをな、怒りに変えんねん。あんな、涙と怒りってな、同じ成分でできてるねんて」

にかっと笑う顔が柔らかな光で照らされる。佳織はそれをしばらく眺め、心の中で涙と怒り、と何度か呟いた。自分の心の奥が、じんと痺《しび》れた。

「……あんな、私な、寂しいんよ」

思わず、懐《なつ》かしい方言が衝《つ》いて出た。

「多分、うらん、確実に、ホームシック。地元が恋しい。実家に帰りたい。こっちに来るときに、みんな心配してくれたけど、私がそんなんなるわけないやん、って笑い飛ばした。でも、寂しくなっちゃった。毎日平和で、しあわせに暮らしているはずなのに、寂しい」

だんだんと、声が濡《ぬ》れてくる。それでも、佳織はたどたどしく言葉を探して続けた。

「今朝、もうどうにも我慢できなくなって、泣いちゃった。こういう涙は、怒りじゃないよね？　こういうときは、どうしたらいいんだろ」

宝が、小首を傾げた。

「うーん。それは、自分に怒ればいいんちゃう？」

「自分に？」

「そう。大丈夫やって簡単に考えた自分に。そういう経験、あたしもあるよ。こないだな、持てると思って余裕こいて、抱えられもしなかったタンスがあったんよ。昔の家具ってやたら重たいねん。大事なモンやってさんざん言われてたのに、傷つけかけた」

情けなかったわあ、と宝はしみじみ言い、「過信っていうやつやな、それは自分のせいやから、自分に怒って、ほんで周りに謝って、手伝ってもらったよ」と続けた。

「佳織も、過信した自分に怒って、ほんで周りに無理やったって言うべきやないかな」

「タ、タンスと私のホームシックって一緒？　だってもし仮に実家に戻ったとして、ホームシックは治っても、でもここに帰りたくなくなったらどうするの」

「それもやっぱ、自分のせいやろな。そのときは、佳織はまだあたしは結婚したらあかんかったんやなと思ったらええんちゃう？」

っていうかあたしら喋りすぎやから外行こか。近くにいた老夫婦にちらりと目をやって、宝は先を歩き出した。

あそびーちという名前のエリアは、砂浜を模していて、オットセイのプールやペンギンコーナーがある。真夏のような暑さだからか、裸足《はだし》で水際《みずぎわ》で遊んでいる子どもたちがいた。ペットボトルのジュースを買い、端にあるベンチコーナーに腰掛けた宝は、「さっきの話やけどさー」と話し始めた。

「涙流してるモードのときって、絶対ネガティブになるやん？　感情が暗くなってく。でも怒るモードのときってな、不思議とポジティブになるよ。何でこんなことでうじうじ悩んでんねん！　って思うようになる。だから、これから先どうなるかって悩むより、怒った方がいいと思う」

ほれ、とペットボトルを貰《もら》った佳織は、はあ、と大きく息を吐いた。たったひとつしか年が違わない、しかも年下なのに、すごい。この子はきっと、自分より多くの人生経験を積んでいるのだ。

そんな思いで見ていることに、気付いたのだろうか。宝が「感動してるとこ悪いけど、これ受け売りやからな」と言った。

「一年ちょい前に知り合ったおっちゃんが教えてくれただけ。あたしな、学生のころからずーっと男運悪いんよ。まあ、自分も悪いんけどな。イケメンに優しくされるとすぐコロッといくねん。分かってるねんけど、抗《あらが》えへん。さっきのゴリ男も顔はクソイケメンで、優しいところもあってんよ。あ、話を戻すけどな、そのとき、付き合ってたひとにめっちゃ酷いフラれ方したんよ。そいつ、あたしのことを陰で筋肉ゴリラって呼んでた。腕相撲でボロ負けしたからってあんまりやろ？　器がちっちゃすぎる。でもやっぱ、ショックでさ。どうしてあたしは好きなひとに大事にされんのやろ、好きになってもらいたいだけなのにどうして傷つけられてばっかなんやろ、って泣いてた」

その日は大きな屋敷の引っ越しを請け負っていた。半泣きで仕事をしている宝に、同僚たちは『顔で選ぶからだ』『もう少し相手を吟味しろ』などと呆れていたが、宝たちと同時に呼ばれていた廃品回収業者の男性は親身に話を聞いてくれた。そして『怒れ』と教えてくれたのだという。どんな奴《やつ》を好きになるのも自由だからそこはどうでもいいけれど、自分を傷つけられたことに対してしっかり怒れ。まっすぐ怒ってみたら、自分が泣かなくてもいいことで泣いていたことくらい分かるはずだ、と。

「いやまじ、真理。あたしが傷つく必要ないやんな、って思って吹っ切れたんよ。それからは、泣きそうって思ったときにはまず怒るようにしてる。今回も、そうやん？　あたしの服装を少しも受け入れてくれずに、否定しかしない。あたしがどうしてこの服装が好きなのか、どうしてこのタイミングで知ってもらおうとしたのか、そういうことをあいつはひとつも考えてくれんかった。あたしのこと、自分の好きなかたちでしか見ようとしんかったんよ」

佳織は一瞬、どきりとした。しかしそのどきりの意味が分からない。小さな疑問を感じながら「えっと、すごいね。そのひと」と言った。宝が「すごいよな」と頷く。

「すごいし、面白い。おっちゃんやけど、わりかしイケメンやで。まあ、あたしの好みのイケメンちゃうけどな。あたし、ラルクのｈｙｄｅみたいな、ぴかぴか発光してるくらい綺麗なんが好きやねん。仮想世界の美和っちも、若い頃のｈｙｄｅ似やん？」

ふふふ、と宝がはにかむ。その顔につられるように佳織も「言われてみれば確かにｈｙｄｅ系だね」と笑った。

「……家族に、ホームシックって言ってみようかな」

呟くと、宝が「そうしてみいよ」とやわらかく言う。

「実家のお父ちゃんたちは、案外喜ぶと思うで？　子どもに甘えられたら嬉しいもんやろ、やっぱ。夫さんは分からんけど、でも佳織のこと好きなんやったら一緒に悩んでくれるよ。ひとりで抱えんでよくなれば、楽になるかもしれんよ」

「……うん」

　きゃあ、と声がして、顔をあげれば小さな子どもがペンギンを見てはしゃいでいた。傍にいる両親に「かわいいねえ、かわいいねえ」と拙い口ぶりで必死に言い、その様子を母親がスマホで撮影している。その顔はとびきり優しくて、結婚式のときの両親の表情と、よく似ていた。夫にも、似ているかもしれない。

　ああ、バカだったな、と佳織は思う。ほんとうに、私はバカだった。宝の言うことはとても簡単に胸に落ちてきて、どうしてずっとひとりで抱えていたんだろうと呆れてしまう。寂しい、それを口にすればいいだけだったのに、言えなかった。

「ありがと、宝ちゃん。すごく、ほっとした」

　少し、心持ちが変わっただけかもしれない。でも、救われた思いがした。

「えー、あたしこそやわ。寂しいときに付き合ってくれて、ほんとに嬉しい。さっきは『怒る』なんてゆうたけどさ、そのあとも大事やんか。ひとりでいるとさ、頑張ろうとしても涙流してるモードに引っ張られてしまうっていうか。でも佳織のお陰で、失恋の傷もぐんぐん癒《い》えてる」

「ほんとう？　だと嬉しい」

　ふふふ、とふたりで笑いあう。

「あー、そや。せっかくやからあたしら、友達になろ。あたし、ドライブ好きやから、ここまで遊び来るよ」

「え、嬉しい。ほんとに嬉しい。私も、北九州市行くよ。会いに行く」

連絡先を交換すると、佳織は心が弾みだした。そうだ、私、ここに来て友達もできなかったんだ。他愛ないやり取りができるひとが、三千緒以外いなかった。そっか、それが、寂しさの原因のひとつだったのかもしれない。

「ねえ、宝ちゃん。向こうのオットセイのプールに行ってさ、写真、一緒に撮ろうよ。記念に！」

「うん、もちろんええよ。でもこういうとき真っ先に行くのがオットセイって、それは正解なん……？」

それからふたりで園内を周り、たくさん写真を撮った。

「佳織って、写真撮るのやたら上手いな」

お互いが撮った写真を見比べていると、宝が感心したように言う。

「あ。昔、カメラマン目指してて」

小学生のころから、カメラ好きの父の影響でカメラを触っていた。いつかは写真家に、なんて夢もあったけれど、大学四年のときに諦《あきら》めた。圧倒的にセンスのある後輩が現れて、その子が自主制作した写真集を見たとき、自分はプロになれないと悟ってしまったのだ。圧倒的な差と自分の未来のなさに絶望して、それ以来カメラは封印している。

「へー、あたしセンスないから羨ましいわ。ていうかさ、いまパッと思いついてんけど、趣味で楽しんだらええやん」

「趣味？」

「いまの時代、写真撮るセンスはどこでだって輝けるで。天下獲《と》れる」

「天下って、言いすぎでしょ」

「いやそんなことないって。このオットセイが欠伸《あくび》してるやつ、ためしにどっかのSNSにアップしてみいよ。そこから新しいことが始まるかもしれんで」

「私、SNSは見る専門だったな。そっか、自分で発信することもできるんだもんね」

「え、いま気づいたん？　このSNS時代に？　佳織っておもしろ」

他愛ないやり取りが、楽しい。

ひととおり見学し、遊び、いくつかのお土産を抱えてうみたまごを出た。海に、オレンジの光が満ちようとしていた。楽しい時間は、あっという間だ。

「やった。宿取れた！」

車に戻ってすぐにスマホをいじっていた宝が「イェイ」と声をあげる。

「え、泊まるの？」

「ほんとはゴリ男が予約したホテルに泊まるはずやってん。でもせっかくやからこっちの温泉入って美味《おい》しいご飯食べてゆっくりする。なあ、佳織は明日もヒマ？」

訊かれて頷くと、「明日も遊ばん？」と宝が訊く。

「湯布院とか行ってみん？」

「あ……行きたい」

このままお別れするのは嫌だなと思っていた。思わず声を弾ませた佳織に、「やった」と宝が笑った。

「明日は仮想世界の音楽ガンガンかけてドライブやな！」

「うん！」

マンションの近くまで送ってもらって、「また明日」と別れた。

また明日、だって。

遠ざかる車に手を振りながら、佳織はにんまりするのを隠せなかった。もうずいぶん長いこと、そんなやりとりをしていなかった。明日が楽しみという感覚も、久しぶりな気がする。

弾む気持ちで部屋に戻り、夕食の支度をする。早く三千緒に帰ってきてほしい。たくさん話がしたい。

しかし、三千緒は「大丈夫なの」と眉根を寄せた。

「変な子じゃないの」

ふたりで撮った写真を見て、「派手だし」と三千緒は言う。

「派手って……可愛いと思わない？　仮想世界のファンってとこも気が合うし」

「仮想世界？　ああ、あれか。ぼくは彼らの音楽の良さは分かんないって言ったよね」

三千緒が小さくため息を吐いた。付き合っているとき、一緒にコンサートに行ったことがあるけれど、三千緒は『頭が痛くなった』と途中で退場したのだった。慌てて追いかけた佳織に、ぼくみたいなおじさんには若い子の音楽は分かんないみたい、ごめんね、と弱々しい顔をした三千緒は、『最後まで楽しんでおいで』と言った。でも置いて戻るわけにも行かず一緒に帰って、それからは何となく仮想世界について話すことは止《や》めた。

「音楽性は分からなくても、私と気が合うってことは分かってほしいんだけどな」

「この、宝って子は北九州のひとなんでしょ？　遠いよ。友達なら近くで探せば……いや、遠くていいなら地元の友達と話せばいいじゃん。電話でも、メールでも」

「待って。三千緒くんは、宝ちゃんと仲良くするのが嫌なの？」

どうも、一緒に喜んでもらえる雰囲気ではない。佳織が訊くと、三千緒は「嫌っていうか」と頭を掻《か》いた。

「心配なんだよ。君とはずいぶん系統が違うし、あんまり急だし」

「系統……系統？　彼女の見た目で判断してるの？」

「見た目も重要な項目でしょ？　だから君も写真を見せてるわけで」

「見せたいのは、楽しそうでしょってことだよ」

足の先から、言葉にできない嫌な感情が昇ってくる。何だか、おかしい。うまくかみ合っていない。

「それとさ、写真、やめたんじゃなかったの？」

ふっと三千緒が視線を投げる。カウンターの上に置いてある一眼レフが鈍く光っている。

「持って来てたのも知らなかったから、びっくりした」

「今日、久しぶりに写真撮ったら、楽しくて。趣味でもう一度始めようかなって」

「あんなに泣いてたのに？　傷ついてたじゃない」

佳織はぐっと言葉に詰まる。後輩の自主制作した写真集を見て打ちのめされた後、自信を持って応募していた写真がコンクールに落ちた。才能のなさをこれでもかと知らされたようで、佳織は心底傷つき、そのとき慰めてくれたのが恋人になる前の三千緒だったのだ。三千緒はあのときの佳織の嘆きを、誰よりも知っている。

「傷ついたけど、でもやっぱり写真っていいなって思って」

「ぼくは、どうかと思うなあ。まだ慣れない土地でカメラ抱えてうろうろするのも心配だし、その新しく知り合ったひとの影響でしょ？　どうかなあ」

少し苛立《いらだ》ったように言って、三千緒が首を緩く振る。

「ねえ、三千緒くんどうしたの？　どうしてそういうことを言うの？」

声が震えそうになるのを堪えた。友達ができてよかったね、と言われるはずだったのに。写真頑張って、と言ってくれると思っていたのに。

「ぼくは君を守るってご両親に約束したんだよ。責任がある。こっちに来て変な友達ができたなんてことになったら、顔向けできないじゃないか」

「待って！　宝ちゃんは変じゃないよ。ほんとうにいい子なの」

「いい子と言われても、はいそうですかって簡単に納得できないよ。あんまりにも、いままでの友達とタイプが違いすぎるよ。ほら、結婚式のときにスピーチしてくれた、博美さん、だっけ？　あの子と正反対じゃない。博美さんは母さんもずいぶん気に入ってたもんだよ。佳織ちゃんはしっかりしたお友達もいる子なのね、なんて言ってさ。ともかく」

三千緒が手にしていた佳織のスマホを伏せた。

「友達はちゃんと選んだ方がいい。意地悪で言ってるんじゃない。ただ、君のことを心配してるだけなんだよ。分かってくれるよね？」

話が通じない。頭をガツンと殴られたような衝撃だった。

「ゴリ男……」

まるで、ゴリ男だ。嘘でしょ。私の大好きな夫も、ゴリ男と同じ考えだったというの？　いっそ泣き出しそうになりながら、堪える。泣いちゃだめだ。

「え、何？　ごりお？」

不思議そうな三千緒を前に、佳織は深呼吸する。泣くな。

『あたしのこと、自分の好きなかたちでしか見ようとしんかったんよ』

ふっと、宝の言葉を思い出した。そして、あのとき感じた小さな衝撃の理由に思い至る。

「三千緒くんの、好きなかたち……。三千緒くんの好きなかたちでいようとしてたんだ、私」

自分の口から零れ出た言葉に、ぞっとした。それと同時に、すとんと落ち着く思いもあった。

そうだ、私は彼に失望されないよう、無意識に彼の好みに合わせていた。彼の望むまま家に籠《こも》り、彼の望む生活を守る。それこそがしあわせなのだと考えていた。そういうことが結婚だと、結婚の素晴らしさだと思っていた。でも、私は無意識に手放した自分らしさを求めていたんだ。ああ、そうか。私が戻りたかったのは、実家じゃない。ホームシックじゃない。私は、本来の私に戻りたかったんだ。

「佳織？　急にどうしたの」

呆然とした佳織を訝《いぶか》しんで、三千緒が顔を覗きこんでくる。

「ぼくの言ったことに怒ったの？　でも、君のことを思って言ってるんだよ。友達が欲しいなら、料理教室とか、そういうところに通ってみたらどうかな。母さんに、いいところがないか訊いてみるよ」

「そういうんじゃ、ない。そういうんじゃないの。……ごめん、今日はもう寝る」

いまは、うまく話せそうにない。「どうしたの、どうしたのさ」と焦《あせ》る三千緒を置いて、佳織は寝室のベッドに潜り込んで、ひっそりと泣いた。私が、甘かった。浅はかだった。三千緒の描く素敵な奥さんと、自分らしさが共存していないなんて思いもしなかった。

「ばかだ、私……」

ほんとうに、ばか。

佳織は泣きながら、宝に語り掛ける。宝ちゃん、やっぱすごいよ。私は、怒れない。ちっとも、怒れない。ただただ、泣いちゃうよ。


翌朝は、酷い顔だった。瞼《まぶた》はぼってりと腫《は》れ、顔全体が浮腫《むく》んでいる。冷たい水で何度も顔を洗ってみたけれど、どうにもならない。

「はは」

鏡の中で辛気臭そうにしている自分に笑っていると、すっと三千緒が現れた。ばつの悪そうな顔をしている。

「あの、佳織。その、昨日は」

「ごめん、いまは話したくない。ごはん作ってあるから、どうぞ」

こんなにみっともない顔をしているのに、また泣きたくない。三千緒の横をすり抜けて、キッチンへ行った。

いつも通りの、穏やかな朝だった。掃き出し窓からは柔らかな風が入り込み、カーテンを揺らす。テーブルには和食が好きな三千緒のための料理――出汁《だし》巻き卵に味噌《みそ》汁、いんげんの胡麻《ごま》和《あ》えと大根と昆布の糠《ぬか》漬け――が並んでいる。いつもと違うのは、カウンターの上に一眼レフが鎮座していること。

三千緒の好きな熱いほうじ茶を淹《い》れて供すると、三千緒は居心地が悪そうに、しかしきちんと食事をとって「ごちそうさま」と箸《はし》を置いた。

「あの、今夜もう一度話そう」

「……うん」

佳織はのろりと頷く。このままでいいわけがない。これまでホームシックだと思っていた辛さや、その理由を三千緒に話さなきゃいけない。

「夜までに、自分なりに、考えをまとめとく」

ぼそぼそと話すと三千緒は哀しそうに眉根をきゅっと寄せ、それから「行ってくるね」と出て行った。いつものように、玄関先で見送ることはできなかった。

　家の掃除を終えてから、佳織は宝と会うために支度をして外へ出た。今日も、いい天気になりそうだ。からりとした潮風が頬を撫《な》でていく。

　短いクラクションが鳴り、振り返り見れば宝の車がやって来た。車内から宝が手を振っている。

「おっはー！　今日もよろしくー」

　温泉のお陰か艶々《つやつや》した宝だったが、車に乗り込んだ佳織の顔を見て「どしたん」とぎょっとした顔をした。

「ゾンビみたいな顔してるやん」

「聞いて、宝ちゃん」

「お。ええよ。聞くよ、もちろん」

　湯布院まで、車で一時間ほどかかる。その行き道で、佳織は昨晩あったことを宝に話した。ときどき涙ぐみ、言葉を詰まらせる佳織の話に、宝は「ふんふん」と静かに耳を傾ける。うつくしい山並みを抜け、由布院駅前に辿《たど》り着いたころ、宝が「ほんまに夫さんのこと好きなんやねえ」と穏やかに言った。

「好きやから、無意識に夫さんのこと優先してたんやろな」

「好き、だから」

「せやろ。我慢させられてたわけやない。好きやから無理してたんよ」

好きってそういうものよなあ、と頷きながら宝は周囲に目を配る。ちょうどいい場所に駐車場を見つけ「あそこ停《と》めて散歩しよ」と言う。

狭い駐車場に手際よく車を停める横顔を佳織は見る。真剣な顔だったが、ふいに「ぷ」と噴き出す。

「ていうか、夫さんをゴリ男なんかと一緒にしたらあかんわ。ゴリ男はあたしと一年一緒にいてあたしのこと知ってる。でも、夫さんは写真越ししかあたしのこと分からんのやで。一緒にしたらさすがに可哀相や」

「一緒じゃない。だって見た目で」

「えー？　でもさ、夫さんが突然、全身タトゥーの男のひとと知り合ったって言ったら焦らん？　全身タトゥーでピアスモリモリや」

楽しそうに問われて、佳織は一瞬言葉に詰まる。宝は「それと一緒」と笑った。

「一緒って、そんな」

「一緒やて。夫さんもな、佳織のことが好きやから用心したんやろ」

車をきちんと停めると、宝は「さあて」とバッグを摑《つか》んだ。

「あそぼ」

それからふたりで湯の坪街道や金鱗湖《きんりんこ》を歩いて回った。歩きながらコロッケを食べ、唐揚げを食べ、写真を撮る。海外からの観光客らしい家族連れに写真撮影を頼まれて撮ると、相手も佳織たちを撮ってくれた。英語で「シスター？」と訊かれて、佳織が首を横に振る。宝が「フレンド！」と元気よく答えた。

「フレンド！　えーと、グッドフレンド？」

栗色《くりいろ》の髪をした子どもが佳織と宝を交互に見て、にかりと笑った。

家族連れと別れて歩いていると、宝が「あ！　フクロウがおる！」と声をあげた。

「フクロウ見たい。行こ、佳織」

先を走っていこうとした宝がついて来ない佳織を振り返り見る。「どしたん」と不思議そうに首を傾げる宝に、佳織は改めて、「私、今日もう一度ちゃんと言う」と宣言するように言った。

「三千……旦那《だんな》に、ちゃんと言う。私の友達だからそういう風に言わないでって」

目を丸くした宝が、へらりと笑った。

「もー。何よ。そういうこと改めて言われると、照れるわ」

恥ずかしいなあ、もう。笑いながら頭を掻く宝の頬がうっすらと赤い気がして、佳織は自分が真っ赤になるのが分かった。

「あ、そ、そうだよね、ごめん、私いま思春期の子どもみたいだった」

「あ、いや別に悪いことやないけど。でも、へへ」

ふたりして、恥ずかしくなって照れている。付き合いたての中学生みたいやな、と宝が言って、佳織も頷いた。

「ま、何にせよお互いがもっと仲良くなれたってことでええやん。フクロウ、行こ」

と、宝が何かに気付いて「あれ」と足を止めた。

「あれあれ？」

「どうしたの、宝ちゃん」

「なんでも野郎」

宝が指さした先には広い駐車場があり、観光バスや一般の車がたくさん停まっていた。その中に、古ぼけた軽トラックが一台ある。トラックをよく見れば、『なんでも野郎』とロゴが入っていた。

「あの車が、どうかした？」

「いやそれが、あれ、昨日話したおっちゃんの車なんよ。廃品回収の」

へえ、すごい偶然。そう返そうとした佳織だったが、軽トラックからひらりと降りてきたのはアイドルかモデルのように華やかで美しい女の子で、息を呑《の》んだ。しかも、ただ美しいわけじゃない。どこかの写真集かパンフレットから抜け出たみたいに、衣装が整っていた。艶やかな長い黒髪に真っ白のワンピース、麦わら帽子にベルトの細いサンダル。

「夏の避暑地のお嬢さま……？」

「なんやねん、それ。いやでもまさにそんな感じやな」

絵にかいたような美少女にふたりで目を奪われていると、美少女がこちらに向かって小走りで駆けだしてきて、手を振った。え、知り合い？　と宝に目で問えば、千切れんばかりに首を横に振る。戸惑っていると「早くしてよ！　ツギ！」と女の子が叫んだ。

「喉渇いたって言ったじゃん！」

の！　ど！　か！　わ！　い！　た！　地団太に合わせて叫ぶ。

「うるせえ！　少しくらい待て！」

怒鳴り声がして、振り返るとペットボトルを二本抱えた男性が走ってくるところだった。ライトグリーンのツナギをお腹の部分で緩く結んで穿《は》き、上は白いTシャツ。もさもさの髪と、同じくらいもさもさの髭《ひげ》。佳織はとっさに、昨日水槽でさんざん見た海藻を思い出した。

「やっぱおっちゃんやん」

宝が「おーい、おっちゃ……ツギさん！」と手を振る。ツギと呼ばれた男性が「んあ？」と不思議そうな声をあげる。それから「ああ、テンテンの宝か！」と声音を明るくした。

「なんだ、久しぶりだな。てか、こんなとこで会うなんてすげえ偶然。何してんだ」

「デートに来て、でも途中で永久のお別れをしてん。またクソ男センサーが作動してたんやわ、あたし。ほんでたまたま知り合ったこの子と、ここでデートしてた。ツギさんは……えーっと、誘拐の最中？」

宝がツギと少女を見比べ、こわごわ、というような口ぶりで訊く。それをツギはへっと笑い飛ばした。

「言ってくれるじゃねえか。妹だ」

宝たちの脇《わき》を抜け、ツギは女の子にペットボトルを渡す。女の子は「遅い！」と頬を膨らませて、それからペットボトルのお茶を勢いよくぐいぐい飲んだ。ブハー!! と飲み終えて手の甲で口元をぐいと乱暴に拭う。

「決めた。あたし、やっぱ今日も帰らない。どっか泊まる！」

「おい、うそだろ。お前さっきまで、もう帰るって言ってたじゃねえか」

「やっぱ嫌になった。門司港には帰らない！」

やだやだやだ、と女の子はまた地団太を踏む。その様子はまるで佳織の姪っ子の由衣《ゆい》――幼稚園児そのものだ。見た目とのギャップが激しすぎる。

「えーと？　ツギさん、どうしたん？」

さすがに気になったのか宝がおずおずと訊く。ツギは頭を乱暴に掻いて「ここ何日か、ずっと荒れてんだ」と言った。

「荒れてるんじゃない！」

きっとツギを睨んだ女の子が叫ぶ。

「あたしはこの日々から抜け出したくて！ もがいてるのーっ！」

観光客で賑わう昼下がりの駐車場で、その絶叫はどこまでも澄んで響いた。

女の子の名前は志波《しば》樹恵琉《じゆえる》。ツギの妹で、十八歳。

宮崎の高校を卒業後、兄の住んでいる門司港に越してきて、いまは保険会社の臨時事務員として働いている。なんで臨時事務員かというと、『やりたいことを探しているから』とのこと。

「高校を卒業してもう半年なの。卒業するときも、目標のない自分に焦ってた。でもきっと、半年も経てば見つかるはずだって信じてたの。なのに、いまもちっとも見つからない。毎日は、楽しいよ。門司港のひとたちはみんな優しいし、嫌なことなんて何もない。でもそれだけでいいの？ って話でしょ。正直、こんな自分に呆れてる。友達はみんな、それぞれやりたいことや目指したいものを見つけて頑張ってるのに、あたしは、何にもないままなんだもん」

ちょっと樹恵琉の相手をしてやってくれないか、とツギに頼まれ、場所をカフェに移して、四人で向き合っている。樹恵琉は、供されたアイスカフェオレを少し飲んで、しょぼんと肩を落とした。

「そもそも、自分っていうのもあやふやだと思ってて、だから自分探しの旅に出るしかないって」

聞き手に徹していた佳織は、分かるー、と心の中で相槌《あいづち》を打って頷いた。佳織も、大学のころ同じように考えたことがある。『何者か』になりたくて、でも何になりたいのか何をしたいのかは分からなくて、ただただ焦った。写真を諦めたときなんて、特に酷かった。たったひとつの取り柄のように思っていたカメラを諦めた自分は空っぽの空洞と同じ。平凡な自分がこれからどうして生きていけばいいのか、呆然とするしかなかった。そこに三千緒という存在がいて、ありのままの『何者でもない』自分を認めてもらえたことで、その焦燥はどうにか消えたんだったか。

「ははあ、自分探し。ほんで、見つかったん？」

ミックスジュースを飲む宝の問いに、「見つかるわけねえよ」と答えたのはツギだった。

「自分探しの旅も何も、俺の旅に勝手に付いてきてるだけだからな」

「俺の旅？　ツギさんは何の目的で旅してるん」

「オリジナルキャラクターを考える旅だよ」

アイスコーヒーをぐいと飲んでツギがドヤ顔で言うが、宝も、佳織も意味が分からず「は？」と声を重ねた。

「え、何？」

「テンダネスがオリジナルキャラクターを募集してるだろ。大賞を取るとそのキャラクターがテンダネスの顔として使われるようになるし、キャラクターが刻まれた記念メダルがもらえるってやつ」

宝が「あー、そんなんあったね」と思い出したように言った。

「うちの会社にも募集ポスター貼《は》っとったわ。副賞で五万円もらえるのは、ええよねー」

「俺はメダルが欲しいんだよ。あと、自分が考えたキャラクターが九州中で活躍するの、なんかいいだろ。キン肉マンに出てくる超人を考える企画ってのがあるらしいが、それに近いロマンがある」

ふふんとツギが楽しそうに笑った。

「そんでな、九州だけのテンダネスだから、やっぱ九州らしさのあるキャラクターがいいんじゃねえかって思ってさ、名産品とかいろいろ見て回ってんだ」

「熱心すぎやろ」

呆れたような宝に、ツギは「当たり前だ」と平然と言う。

「なんでも本気でやんねえと、つまらねえよ」

「じゃあ、あたしの本気の自分探しにも協力してくれたっていいじゃん」

樹恵琉が話に割り込み、ツギが「ずっと付き合っただろ」と頭を掻く。

「文句ばっかりだったもん！」

「お前がずーっと同じような愚痴零してるからだろ。耳タコだ」

「そんなことないし！　バリエーションあるし」

「ねえよ。ていうか、お前は俺が何言ったって耳を貸さねえだろう」

「それはそう。ツギが言うと、何か素直に聞けない。分かった風なのがイライラする」

「ふざけんな。いまごろ反抗期か」

樹恵琉は、兄について回って己の中にある焦燥感と闘っているようだ。樹恵琉曰《いわ》く、『何かひとつでも摑んで帰りたい』そうだ。でも、その『何かひとつ』が見つからない。

「モデルの仕事、やったじゃないか。それでいいんじゃないか？」

ツギが樹恵琉の服を顎《あご》で指す。樹恵琉たちは昨日阿蘇《あそ》辺りを走っていたが、そこでたまたま樹恵琉を見かけた雑誌社のカメラマンにモデルの仕事をしてくれないかと懇願され、撮影に協力したという。着ている服は、その際の衣装をお礼に貰ったものだそうだ。

「たくさん褒められてたし、まんざらじゃなさそうだったし、本腰入れてやるのもいいだろう」

「だめ。すごい努力が求められる仕事で、やりがいもあるのかもしれないし、あたしも楽しかったけど、でも『何があってもこれを貫いてみたい』って思えなかった。結局、自分の中の可能性がひとつ消えただけだった気がしてる」

はあ、と樹恵琉がため息を吐く。

佳織は自分のアイスティーのグラスに沈んだ氷をストローでぐりぐり突きながら、この二日はいろんなことが起きるなあと感心にも似た思いを抱いていた。たぬき村を見て号泣した朝が昨日のことだなんて信じられない。あのときは世界で独りぼっちのような気がして、そしてその辛さのほんとうの原因も分からないでいた。

「ああ！」

思わず声をあげると、宝が「何？」と訊いてくる。樹恵琉も、小首を傾げて佳織を見た。

「結局、出会いしかないいんだと思う」

みんなの視線を集めたことにちょっとドキドキしながらも、佳織は言った。

「樹恵琉ちゃんの焦り、私も大学生のころ、あったの。それがどうにか消えたのは旦那に会ったからだった。昨日もね、ほんとうに悲しくて辛くて、自分がこの世界に独りぼっちになったような気がしていたんだけど、宝ちゃんと会って前向きになれたの。あとね、私、昔は写真が大好きだったんだけど挫折《ざせつ》してて、宝ちゃんと会うまで写真が好きだったことすら忘れてたんだけど、でもいま、もう一回やろうかなって気分になってる。そしてしかもいま旦那と喧嘩っていうか、衝突をしてて。でも宝ちゃんと一緒にいると前向きになってきたの。今夜、ちゃんと話すぞ！　みたいに思ってる」

たどたどしく喋る佳織を、樹恵琉がじっと見ている。緊張しながらも、佳織は続ける。

「自分でよりよい道を見つけられたり、自力で発見できれば、それはとてもいいことなんだと思う。私もそういうことができるひとに憧《あこが》れるもん。でも、みんながみんな、そうじゃないよね。どれだけ焦っても、苦しんでも、それだけじゃどうしようもできない。自分にとって必要なひとと出会うべきタイミングっていうのがあって、そのタイミングが来ないと始まらない、そういうひともいるんだよ。少なくとも、私はそう。だからね、樹恵琉ちゃんも、会わないといけないひとがいて、でもまだ会えてないのかもしれない」

「会わないといけないひと？」

「うん、そう。気付きとか発見、自信を与えてくれるひと。どれだけ焦ってもそのひとに会うまでは始まらないのかもしれないよ」

話していて、佳織は確信していた。私は、そうだった。もがいているときに必ず、会えた。

樹恵琉が視線を彷徨《さまよ》わせ、窓の向こうで動きを止めた。楽しそうに往来するひとたちを眺め、「会わないといけないひと、かあ」と呟く。

「いるのかなあ、ほんとうに」

「おると思うで」

佳織が答える前に、宝が言った。

「あたしも佳織に会えてよかったって本気で思ってるもん」

え。驚いて、佳織は隣に座る宝の顔を見た。よかったと感じているのは自分だけ――

少なくとも自分の方が出会いに感謝していると思っていたのだ。

「昨日、佳織には話したんけどな。あたしは前にツギさんから教わったことがあって、いつも泣く代わりに怒るっていうことを意識してるんよ。それをやるとネガティブにならなくていいんやけど、その分『可愛げがない』って言われる。慰めなくても大丈夫やんねって安心される。そんなことないねん。いつも誰もいないとこで、ひとりで『あたし頑張れ！』って自分に言い聞かせてる。『こんなんたいしたことないで！』って慰めてる。でもほんとうは、寂しくて辛いよ」

小さく、宝が微笑《ほほえ》んだ。

「でもな、昨日、あたしが頑張ったところを佳織は見てくれてて、『かっこいい』って何べんも言ってくれたんよ。めちゃくちゃ嬉しかった。頑張った姿を褒められたことで、ああ、あたしのしたこと間違いじゃなかったんやなって、いままで頑張ってきたこと全部認められたみたいで、これからもそういうあたしでいようって思えた。これってすごない？　佳織と会わんかったら、いまごろあたし、頑張る自分を諦めてたかもしれん」

佳織は、宝の顔を見ているしかできなかった。宝が、自分との出会いをそんな風に思ってくれていたなんて、想像もしなかった。

「な、佳織、出会いってすごいよな」

くる、と佳織の方を向いた宝が笑い、佳織の目にぶわ、と涙が溢れた。

「あ、ありがと……う」

すごくいい子と出会えたのだ。それが嬉しくて、感動してしまった。宝が「やめてよ、泣かしてるみたいやんか」と照れたように笑い、「佳織は涙もろいんやなあ」とテーブルのペーパーナプキンを渡してくれる。

「いや、普段は全然こんな感じじゃなくって。なんか、昨日から涙出るとこが壊れたみたい」

「ほんまかいな」

涙を拭い、宝と笑いあっていると、いつの間にか腕を組んで考え込むようにしていた樹恵琉が「……なるほど」と呟いた。

「確かにあたし、ひととの出会いを求めたことって、なかったかもしれない」

ぱっと顔を上げる。

「あと、理解しあうってこともしてないかもしれない。ツギやミツがいて、まわりのみんなもいつもすごく優しくしてくれて、そういうこと考えなくてよかったっていうか。

みんなが勝手に集まって来るから探しに行く必要がなかった」

　おお、と宝が唸《うな》った。

「なんや急に強いワードぶちこんで来るやん」

　佳織も思わず頷く。みんなが勝手に集まって来るなんて、そんな経験一度もない。

「そうか……。あたし、みんなに甘えてただけだったんだ」

「あー、そうだな。樹恵琉は末っ子だし、俺たちが甘やかしたとこあるし、どちらかというと周りに気を遣わせるタイプだしな」

　ツギが頷くが、樹恵琉は「ツギは黙ってて！」と睨みつけ、それから佳織たちふたりに両手を差しだして「ありがとう」と言った。

「なんかあたし、夢や目標は神様のお告げみたいに降ってくるものだって思ってたとこある。ぶっちゃけて言うと、みんなにはお告げをくれたのにあたしだけないのっておかしくない⁉　って神様に怒ってた。ずるい！　って。でも、なんか、あたしの考え方自体がおかしかったんだ」

　握手、と促されて佳織たちがそれぞれ手を取る。それを樹恵琉はぎゅっと握った。

「気付かせてくれて、ありがとう！」

「何だそれ。何、初耳みたいな顔で感動してんだ。俺がお前にそれを何度説明したと
……」

「説教おじさんは黙ってて！」

びしり、と樹恵琉が言い、ツギが「おじ……っ」と言葉に詰まる。宝がぶふ、と噴き出した。ついていけない佳織がきょとんとしていると、樹恵琉が「それでね」と佳織たちの方に向き直る。

「佳織ちゃんたちの話を聞いて、目から鱗《うろこ》っていうか、自分の視野が狭かったことに気付いたの。あと、もうひとつ気付いたんだけど、今日のいまこのときが新しい出会いなんじゃないの？　ねえ、ふたりともあたしとも友達になって！」

「ええけど」

あっさりと宝が言った。

「面白そやし、全然ええよ。門司港やっけ？　あたしの家からめっちゃ近いから遊べるし」

「え、ええと、私も、ぜひ」

佳織も慌てて言う。樹恵琉はぱあ、と花が開くような鮮やかな笑みを浮かべた。

「やったあ。ありがとう。そうだよね、こういう出会いが大事だったんだよ。ツギ、あたしお家《うち》帰る！」

「まじか！」

説教おじさんと呼ばれて苦虫を嚙み潰したような顔をしていたツギも、顔つきを明るくした。

「よかったー、いや、ほんとありがとう。ふたりとも、ほんとうに感謝する！」

ツギが佳織たちに頭を下げ、樹恵琉は兄のそんな姿をみて「厭味《いやみ》ったらしい」と唇を尖《とが》らせる。

「好きに言え！　あー、やっと自分のことに専念できる。樹恵琉がいると、突発の仕事もなかなか受けられなくてさ、困ってたんだよ」

「腹立つ。あたしやっぱ門司港帰らない」

「か、え、れ！」

すっかり明るくなった兄妹を見て、佳織は笑う。ツギの様子に兄を思い出し、私も連絡しよう、と思う。

「なー、あたしらこのあと別府に戻ってな、杉乃井《すぎのい》ホテルの棚湯に入りにいくんよ。樹恵琉も来る？」

宝の言葉をツギが「おい」と制止しようとするが、それより先に樹恵琉が「やだ何それ楽しそう！」と声を弾ませる。

「そういえば、黒川とか平戸とか行ったんだけど、いっつもひとりで入ってたから寂しかったの。三人で温泉入りたい！」

「待て、樹恵琉。温泉入ってそれから門司港は遠いだろ。俺、もう疲れてて」

「疲れてるからこその温泉でしょ？　いいじゃん。ていうか、あたしも別府までふたりの車に乗せてもらっていい？　お話ししたいの！」

屈託のない樹恵琉に、ツギが「勘弁してくれよ、してください」と情けない声をあげる。「ツギさん、兄としてはしょぼいな」と宝がツッコミを入れ、「うるせえ」とツギが顔を顰《しか》める。その様子を見ているだけで佳織は笑いがこみあげてきた。ああ、すごく楽しい。楽しくて、嬉しい。新しい出会いが、どんどん新しいものを連れて来る。

三千緒は佳織の好物のアップルタルトを買って帰って来た。しょぼんと肩を落とし、「これ、その」と窺《うかが》うように差し出してくる。

「今日一日、ずっと考えてた。昨日、ぼくは君に酷いことを言ってしまった」

玄関先で、三千緒は「ほんとうにごめん」と頭を下げた。

「本心を告白するよ。ぼくは、君に頼られていることが嬉しくて仕方なかったんだ。ぼくの目の届く範囲内で君が健やかに暮らしていることに、勝手に満足していたところがある。自分で口にしていて思うけど、これって気持ち悪いよね」

ぽつぽつと、三千緒は告白する。

「君のしあわせは全部ぼくが用意してあげたかった。でも勝手に……いや勝手に、って言い方は正しくないな。君が自ら、自分の力で友達を見つけてきたことにちょっと、嫉《しっ》妬《と》というか、それに似た感情を抱いてしまった。だから、否定してしまったんだ。君を馬鹿《ばか》にしてるよね。ほんとうに、ごめんなさい」

もう一度、三千緒は深々と頭を下げて、「でも」と顔をあげた。

「でも、言い訳ととられても仕方ないんだけれど、君が日増しに元気がなくなっていることを気にしてもいたんだ。どうにか、元の明るい君に戻ってほしいと思ってた。これは、ほんとうだよ。だから今週末には、サプライズでお義父《とう》さんたちにこっちに遊びに来てもらうようにお願いしてた」

これ、と次に差し出されたのは旅行会社の封筒だった。中を見れば、黒川温泉の有名宿の宿泊券が入っている。両親と佳織の、三人分。レンタカーの予約も取ってくれていた。

「ホームシックかな、って。だから家族水入らずで九州を楽しんでもらって、こっちで思い出を作ればきっと元気になってくれると思ってさ……。でもそのサプライズの前に泣かせちゃって……」

小さくなって謝罪を繰り返す三千緒に、佳織は抱きついた。腕を回し、ぎゅっと抱きしめる。

「ごめん、三千緒くん」

自分より大きな三千緒を抱きしめながら佳織は言った。

「ごめんね。私、三千緒くんに好かれたくて、喜んでもらいたくて、無意識に我慢してたところがあったみたい。私、もっと外に出たい。働くのもいいと思ってる。家に籠るより外でたくさんのひとと出会いたい。写真も、もう一度始めたい。三千緒くんを蔑ろ《ないがし》にしたいわけじゃないよ。三千緒くんと一緒に、これからも生活したい」

一所懸命に言うと、三千緒が「うん」と頷く。ぼくもだよ。束縛してごめん。その言葉に、佳織もまたごめんと言う。私も、自分の意思でそうしてた。それが辛かったってことにいままで気付かなくて、ごめんね。

ふたりは長い間、玄関先でごめんを繰り返した。

＊

それから一月後、ふたりは門司港に向かって出かけた。紅葉の鮮やかな赤が海の青に映える季節。別府とは少し違う潮の香りがする。一眼レフを携えた佳織は、わくわくしている。友達と久しぶりに会えるのが、嬉しい。

これからが楽しみで、嬉しい。

三千緒が運転する車は佳織を乗せて、水面《みなも》が煌《きら》めく海辺を走ってゆく。

第三話
華に嵐

前日から、嵐《あらし》のように風が強く吹いていた。いま思えば、先に起こる問題の前兆のようであったが、このときの廣瀬太郎はそんなことを知る由《よし》もなく、ガタガタと激しく揺れる窓を見ながら「安普請《やすぶしん》のアパートだからなあ」とのんびり構えていたのだった。

　翌日は、風こそ強いものの、からりと晴れた。太郎は門司港駅から門司港レトロで開催されているハンドメイド作品販売イベントにやって来ていた。友人の恋人の友人、という近いようで遠い縁のひとが出店しているから売り上げにぜひとも協力してやってほしい、と懇願されたのだ。アルバイトが休みということもあって気軽にOKしたものの、行ってみれば彼女は手作りのヘアアクセサリーを販売していた。カラフルな色のシュシュやキラキラしたビーズ細工のヘアピンがずらりと並んでいるのを見て、太郎は思わず笑ってしまった。

「彼女いねえし、この髪だし」

　ぐりっと撫《な》でた頭は、もはやトレードマークと化している坊主《ぼうず》だ。誘った友人――古《こ》賀道明《がみちあき》はぶっと噴き出し「これは、すまんかった」と深々と頭を下げた。

「何を作っているのかまでは確認していなかった」

「確認しといてくれよ」

まったく、自分に縁のない品々だ。苦笑していると古賀の恋人の坂口芽衣子《さかぐちめいこ》も「ごめん！」と両手を合わせて謝ってくる。

「や、別に構わんけど。こういうイベントって初めて来たし」

ぐるりと周囲を見回す。門司港ではよく、さまざまなイベントが開催されている。キッチンカーが集結して美味《おい》しそうな匂《にお》いを放っていたり、バナナのたたき売りの実演が行われていたり。そのたび、多くのひとが楽しそうにしているのを見かけていたが、足を踏み入れたことは不思議となかった。

「お祭りみたいで、ちょっと楽しいな」

「ですよね？　テンション上がりますよね。私も、ここに来ると同じ趣味のひとたちに会えるから張り切って参加しちゃう」

店主の女の子が嬉《うれ》しそうに言う。太郎が売り上げ貢献なんてせずとも、彼女の作品はどれも可愛《かわい》らしくて人気があるようだ。瞬《また》く間に、売れていく。太郎が見ている間でも、何人もの女の子が買っていった。古賀も、彼女にせがまれてブルーのヘアクリップを買わされている。

「な、太郎。お前もさ、彼女じゃなくても誰かプレゼントしたい子とかいねえの」

古賀に問われて、「はぁ?」と首を傾《かし》げる。

「いねえよ、そんなの」

「いるだろ、ひとりくらい」

絶対いるって! と根拠もないくせに強く言われて、太郎は「プレゼント、ねえ」と
古賀の横で笑っている坂口を見た。

買ってもらったばかりのクリップを髪につけて嬉しそうにしている顔を見ていると、
ふっと、ひとりの女の子の顔を思い出す。

「あー、まあ、じゃあ一個、貰《もら》っとこうかな」

頭を掻《か》きながら言うと、古賀が「え! 何だよ、狙《ねら》ってる子がいるのかよ」と目を丸くした。

「絶対いるはずだって言ったのはお前だろ。何で驚くんだよ」

「いやまあそうなんだが、でもさ、応援するから早く言ってくれよ。やっと太郎も新しい恋愛に踏み込む気になったんだなあ。めでてえな、オイ!」

「うるせえ。そんなんじゃねえよ」

そういうんじゃない。あの子はせっかく綺麗《きれい》な髪をしているのに、いつも黒ゴムで纏《まと》めるか背中に流しっぱなしにしてるから。あと、おはぎとかお菓子とかよく貰うから、

そのお礼代わりっていうか。いくつかの理由を口の中でもごもごと言う太郎に、古賀は「分かった分かった」と勝手に納得した顔をした。

「いまはただ、黙って見守るさ。うまくいったときには教えてくれ。いつものメンバーで盛大にお祝いさせてもらう」

「ああ、うるせえな。すんません、そっちの赤いやつください。えっとそれ、うん、石がキラキラしてるやつ」

天然石を使ったヘアクリップを包装してもらった太郎はそれをメッセンジャーバッグに押し込んだ。少し乱暴な仕草になったのは、古賀たちふたりがにやにやしていることが気になったからだ。

「何だよ、その顔は！」

ムッとすれば「いや、太郎に幸あれって祈ってんだ」とますますにやにやされる。あそうだ、こいつらは何故《なぜ》か、『太郎に彼女ができないなんてもったいない』といつも残念がっていたんだった。

「うっせえ、うっせえ」

無性に腹だたしくなって、「オレ、バイト先寄って帰るわ」と言った。

「来月のシフト、もう出てるだろうし確認しなきゃなんねえし」

嘘《うそ》だ。シフトなら三日前にもう貰っている。ともかく、太郎は苛々《いらいら》してしまって、逃げるようにしてその場を離れたのだった。古賀たちはそれでも「幸あれ！」と手を振った。

「ああくそ」

人ごみの中を歩きながら、太郎は小さく舌打ちをする。買わなきゃよかったか。いや、売り上げ協力に行ったんだし買わないというのも失礼だろう。そもそも、別に特別なものを買ったわけじゃない。ちょっとした、いつものお礼ってだけで。

「あ！　ああくそ」

さっきから言い訳をしている自分に気が付いて、太郎はまた、舌打ちをした。それからふっと足を止める。

オレはあの子のこと好きなのか？

それはここ最近考えることだった。何かの拍子に思い出しては、焦《あせ》って、自分で自分を取り繕っている。

どん、と背中に柔らかな衝撃があり、振り返れば小学生くらいの男の子だった。「ごめんなさい」と言って、駆け出していく。先に、男女が入り交じった集団がいる。可愛らしい服を着た女の子が「早くおいでよー」と無邪気に手を振っていた。

あの子の年のころは、『好き』がとても分かりやすかったんだけどな。

集団の中に溶け込んでいく背中を眺めて考える。成長するにつれて、だんだんと分からなくなってきた。『好き』という言葉で誰かと結びついて一緒にいるって、実は相当難しいことなんじゃないか？　『好き』から一緒に『しあわせ』になるのは、もっともっと難しいことなんじゃないか？　そんなことを考えると、心がずんと重くなる。

それは先日、高校時代からの恋愛に自分なりの終止符を打ったことも、影響しているのだろう。綺麗に、とはいかなかった別れのあと、元恋人――椿茂子《つばきしげこ》は地元に帰って行った。

『もともと、たろちゃんと少しでも一緒にいたくて下関に来ただけだったでしょう？　特に何か目標があって来たわけじゃない。だから親に、もういい加減にして帰って来いって言われてたの』

アパートまで挨拶《あいさつ》に来た茂子は、清々《すがすが》しい顔をしていた。なのに、ばいばい、と去って行く背中がやけに寂しそうに見えて、終わった恋のはずなのに、太郎は追いかけそうになった。ダメだダメだと必死で堪《こら》えた後は、自己嫌悪《けんお》に襲われた。思えば、オレと付き合わなければ茂子は下関に来なかったわけで、オレは茂子の人生を振り回してしまったんじゃないか。茂子はもっとしあわせになれたんじゃないか。

『そんなたられば考えても仕方ないだろ。だいたい、太郎が椿ちゃんを無理やり連れてきたわけじゃない。あの子の意思だったろ？』

さっき別れた古賀からの言葉だ。もちろんそれは分かっている。きっと、茂子だってそう言うだろう。でも、だからって、それもそうだと納得できない自分もいるのだ。もやもやして、自己嫌悪がついて回って、もう恋愛なんてしない方がいいんじゃないかと思う。こんなことを思い悩んでしまうオレには、恋愛ってのはあんまりにも荷が勝ちすぎる。手を出さないに限る。

なのに、志波樹恵琉が気になっている、かもしれない。

あの子のことはいい子だと思っている。素直で明るくて、純粋だ。何故か自分に懐《なつ》いてくれていて、最初は己のコンプレックスのせいでその好意をうまく受け止められずにいたけれど、いまでは何となく受け止められるようになった。ときどき樹恵琉ファンから敵視されてげんなりするけれど、あの子自身のせいではないし、そんな子がオレの『良さ』を見つけてくれたんだと思うとむしろ嬉しい。ありがたいと思う。彼女の中の自分をよりよいものにしたくて、つい、樹恵琉の視線を意識してしまう。

これは、好きってことなのか？

よく、分からない。誰かから好意を向けられることなどついぞなかったから、気になっても当然なんじゃないのかとも、思う。

『太郎はさー、妙なとこ頑固だよな。もう少し柔らかい考え方すればいいのに』

別の友人からの言葉も思い出す。柔らかい硬いの問題ではなく、自分の理解不足ゆえの行動で誰かを傷つけたくないだけだ。そう言い返すと『ほら、硬い』と呆《あき》れたように言われたんだったっけ。

どういうことが柔らかくてどんな考えが硬いのか基準が分からないが、恋愛だけは硬くていいんじゃないか？　慎重になったって、いいんじゃないか？

「ああ、好きとかってまじで面倒」

ついぼやいてしまう。ほんとうに、面倒くさい。

思い悩みながら歩いていると、アルバイト先であるテンダネス門司港こがね村店に着いていた。先日発表された『テンダネスオリジナルキャラクター大募集！』という企画の幟《のぼり》がはためいている。こんな企画に反響なんてあるのかね、と呆れたものだったが、意外や意外、海外からも応募があると聞く。店の常連客のひとりであり、太郎の憧《あこが》れのひとでもあるツギは『インスピレーションを捜しに行く』と九州を巡る旅に出ていまも帰ってきていない。さっきまで太郎が思い描いていた樹恵琉も、何故か兄について行っている。

顔を合わせないほうが平和でいいや。

どこかほっとした気持ちでいると、「ねえ」と背中に声がかかった。振り返るとパーカーのフードを目深《まぶか》に被《かぶ》った男が立っていて、その線の細さで太郎は「ああ」と声を出した。

「また来たんすか。采原《さいばら》さん」

「またって言うな」

フードの陰からちょっと顔を出し、思いきりあかんべをしてみせたのは、九州を中心に活動している男性アイドルユニットQ-wick《クイック》のメンバー、采原或《あ》るだった。采原はどういう縁なのか太郎のアルバイト先の店長である志波三彦のファンとなり、暇さえあれば店に顔を出すようになっていた。

「ここ何日か、来てなかっただろ。すっごく忙しかったんだ」

「へえ。先週は二回ほど見かけた気がしますけどね」

「だから何だよ」

綺麗な眉《まゆ》をムッと寄せる采原を、太郎は珍しい生き物を眺める気持ちで見た。老若男《ろうにゃくなん》女《にょ》問わずひとを魅了する能力のある志波だが、まさか魅了する側で活動しているひとまで巻き込むとは。

「もはや呪《のろ》いだな」

「は？　ぼくのことストーカーって思ってる？　そんなんじゃないから。志波さんの迷惑になるようなことはしてない。そういう方面のマナーは誰よりも分かってるからね」

「ああ、そういう意味じゃないです。ていうか、店長はお休みですよ」

さらりと言うと、采原が「嘘！」と悲痛な声を上げた。

「せっかく来たのに!?　マジで!?　明日はいる？」

「分かりません。何か、若い女性の幽霊にとりつかれてしまって、除霊師に会ってくるとか何とか？」

「は⁉　何だその適当極まりない話。ふざけてんのかよ」

「ふざけてますよね、オレもそう思います」

　二日前のこと。出勤してきた志波の顔が珍しくげっそりとしていた。いつもはすっと伸びた背が重いものを背負っているかのように曲がり、顔色も悪い。何故だか沼のような臭《にお》いを纏っている。『どうしたんですか！』とパート店員の中尾光莉が驚いた声をあげると、志波は『昨日知り合ってデートしていたお嬢さんが、途中でふっと消えて以来、からだが重いんだよ』と息も絶え絶えに言った。

『この土地を離れなきゃいけないから最後に思い出作りがしたいって言うから、そういうことならとお付き合いしたんだよ。いい思い出を抱えて行ってほしいからさ。それで丸一日一緒に過ごして、夜更《よふ》けになったころ、別れたくないって彼女が言い出して』

　私と一緒に行って。それはできません。そんなやりとりを重ねていると『分かった』と女性は頷《うなず》き、そして『それならこうするしか』と呟《つぶや》いてふっとその姿を消したのだということ。

「は？　志波さん、ほんとうに霊にとりつかれたっていうのかよ」

「ファンクラブの中に、霊能者の秘書をしていたという経歴のひとがいて、そのひとが言うには完全にはりついてるそうで。そのひとのツテで、いま秋田まで行ってます」

太郎は二日前の騒ぎを思い出してため息を吐《つ》いた。

とにかくパニックだった。世界の終焉《しゅうえん》もかくやと思う有様だった。早く引き離さなきゃと泣き叫ぶ者もいれば、霊のくせに図々《ずうずう》しいと怒る者もいた。かと思えば愛のパワーで助けてみせると豪語する者たちで喧嘩《けんか》が勃発《ぼっぱつ》しそうになり、みっちゃんを救う会が結成されたかと思えば神社仏閣どこに頼るかで揉《も》めていた。

そんな混乱の中で志波の憔悴《しょうすい》ぶりはあまりに酷《ひど》く、疑う気持ちは湧《わ》かなかったが、別の思いは膨れ上がっていた。引き寄せるのはせめて、生きてる者だけにしてくれ。

有志がキャンピングカーを借り、志波を乗せて秋田へ旅立ったとき、ほんの少しほっとしてしまったのは仕方ない、はずだ。

「まあ、簡単に信じられることじゃないと思うんで、信じてくれなくてもいいっすけどね。あれは見たひとじゃないと納得しないと……って何で興奮してるんすか」

采原の顔が上気していた。興奮したときの癖なのか、鼻の穴がぴくぴく痙攣《けいれん》している。

「すっげ……すっげえ！　そうじゃないかとは思ってたけど、やっぱアルフレッド様の生まれ変わりやん！　アルフレッド様も霊に好かれるとよ。紅顔の美少年の生き血しか啜《すす》らん悪鬼姫もアルフレッド様の前では子猫も同然でさあ！　ひゃあ！　すっげえ」

采原は勝手に方言だだ漏れで喋《しゃべ》り始め、かと思えば「あ、でも志波さん大丈夫なんやろか。こういうときってやっぱ寺生まれのTさんとか呼ばないかんのっちゃないと？それとも秋田にTさんがおると？」と訳の分からないことを訊《き》いてくる。「知らんっす」と返しながら、太郎はこの店にも変な常連が増えてくよなあと、諦《あきら》めにも、感心にも似た気持ちを抱いていた。美男美女は当たり前だし、アイドルも来る。霊能者の元秘書なんて経歴の持ち主が紛れ込んでいたりするし、多分オレが知らないだけでもっとすごいひともいるんだろうな。

「オカルト話は後日聞かせてもらうとして……あーあ、志波さんいないのか。残念無念」

心底哀《かな》しそうにため息を吐いた采原が「あ、そうだ」と顔を上げる。

「ツギさん。ツギさん来ないかな」

「あのひともいまいないすよ。あれを捜す旅に出てる」

店頭で揺れる幟を指して言うと「何あれ」と首を傾げる。手短に説明すると采原は「かわいいかよ！」と叫んだのち「ていうか、ま！　じ！　か！」とオーバーリアクションで地団太を踏んだ。それから「終わりじゃん」と膝《ひざ》をつく。

「ツギさんもいないなんて……。門司港終わりだよ」

「門司港はあのふたりが支えてるわけじゃないんで、問題ないんで。ていうか店先で騒いでると、誰に見つからないとも限りませんよ」

自ら目立つ真似《まね》をして、アイドルの自覚はあるのか。はっとした采原が周囲をきょろきょろと見回し、フードをぐいぐい引っ張って顔を隠す。それから「あーあ。タイミング悪いな、ぼく」とうなだれた。

「お陰で店は平和ですけどね。じゃあ、オレはこれで」

長く関わり合うのも面倒なので片手をひょいと上げて店内に入ろうとした太郎だったが、采原が「待って待って」と服の裾《すそ》を引っ張ってきた。

「暇なんだよ、ぼく。少し遊んでよ」

「面倒なんでごめんなさい」

「はっきり言うね、君！　君の持ってる志波さん情報とかツギさん情報をちょーっと聞きたいだけだって。あ、テンダネスの新商品のバナナフローズンシェイク買ってあげるから。フローズンシェイクに、別売りのカットフルーツを載せるとすっげえ豪華になって美味《うま》いんだよ。ヨーグルトを混ぜても美味しいの。どっちにする？　ね!?」

「オレ、バナナアレルギーなので、結構です」

「ちょっと！　心無い棒読みで言わないでくれる!?」

こいつ、ほんとうに自覚がねえ。

ぎゃあぎゃあと喚《わめ》く采原を引きずりながら店に入ると、レジカウンター内にいた中尾が「いらっしゃ……ぎゃっ！」と悲鳴を上げた。

「ああああああ、或るくん!?　と廣瀬くん」

「おまけみたいに言い足さんでください。何かそこで遭遇しちゃって」

うんざりしている太郎の横で、采原が「こんにちは！」と笑う。

「あの、志波さんが霊にとりつかれてTさんに会いに行ったってほんとうですか!?」

「え！　あ、は、はい！　たしか俵屋《たわらや》さんって名前だったから、ある意味Tさんで間違いないかと！」

采原が絡むと、普段はてきぱき仕事をこなす中尾がバグを起こす。おろおろと喋ったかと思えば、乙女のようにくねくねしながら「えー、えー、もう、いつも急なんだもの。前もって連絡が欲しい」と大きな独り言を零《こぼ》す。

「ね？　ほんとうにいないでしょ。なのでもう諦めて、さっさと帰ってください」

「君、さっきからぼくのことめっちゃ迷惑そうに扱うじゃん」

むう、と唇を尖《とが》らせた采原だったが、しつこい性格ではないらしい。ぱっと手を放して「つまんないの」と店内を見回した。

「バナナフローズンシェイクでも買って帰ろ」

「そうしてください」

ため息交じりに言って、太郎はふっと外に目をやった。九月の門司港はまだ夏の名残を残している。昼下がりの日差しは強く、ベースボールキャップを被った少年たちが自転車で通り過ぎて行った。それとすれ違うようにして、濃紺のBMW MINIが駐車場に滑り込んできた。街路樹の木漏れ日が水面《みなも》のように車体を流れる。

「あ」

何となしに車を見つめていた太郎は、降りてきたひとを認めて声をあげた。スレンダーなからだを赤と黒のコントラストが鮮やかなロングワンピースに包んだ女性は、七月に一度訪れたお客様だった。顎《あご》のラインでばさりと切り落とした髪は艶《つや》のある黒髪。鮮やかな赤と黒が、真っ白な肌を引き立たせている。

「あのときの……！」

どうしてだか目が離せない、妖艶《ようえん》な雰囲気を持つひとだった。だから覚えていた、わけじゃない。あのとき彼女と会った樹恵琉が口にした言葉があまりに強烈で、忘れられなかったのだ。

『あのひとのせいでツギは……ツギは、好きだったひとを失ったんです』

それを聞いたとき、その場にいた太郎も中尾も息を吞《の》んで何も言えなかった。

きっとまたここにやって来る、そう思ってはいたけどまさかこのタイミングか。

「何、君はああいうタイプが好きなの？」

立ち尽くしていた太郎に気付いた采原が訊いてきた。

「へえ、これはずいぶん綺麗なひとだなあ。何だか、曼珠沙華《まんじゆしやげ》の化身って感じだね。ゴブ嫁にも似たタイプがいるよ。荒地の魔女って言われている砂漠国の王女でさ。残虐性《ざんぎゃくせい》の高いひとなんだけどね、アルフレッド様の兄上のゴルヴィス殿下に惚《ほ》れちゃって、そこからの展開が神がかってるくらい面白いんだよ。ギャップ萌《も》えって」

「すんません、いまは聞いてあげる余裕はないす」

さっとレジカウンターに向かい、采原の登場に魂を抜かれかけている中尾に「ヤバいかもっす」と耳打ちをする。

「七月に来た、樹恵琉ちゃんが意味ありげなこと言ってた謎《なぞ》の女が来ました」

デレデレしていた中尾の顔が一瞬で元に戻った。

「え。あ、でも今日は」

「ええ、志波きょうだいはひとりもいません」

「何でこんなときに！」

悩むように眉間《みけん》にしわを刻んだ中尾が、「……ともかく、対応はBでいこう」と言った。

テンダネス門司港こがね村店には、志波ファン対応コードがある。AからKまであるが、Bは「店長は休暇中で、その間は連絡の一切が取れなくなっております」だ。緊急性があるので至急連絡を取ってくれ、とゴネ……強く言うお客様が稀《まれ》にいるからだ。

彼女とツギに何があったのかは分からない。ただ樹恵琉は彼女に対して激しい嫌悪感を示していたし、彼女が帰った後は『もしあのひとがまたやって来たら、絶対にツギにも、ミツにも会わせないで！　志波家に関わらせないで、追い返して！』と塩を撒《ま》きながら言った。絶対、会わせちゃダメ。あのひとはまた、ツギを傷つけるかもしれない！

志波もツギも、樹恵琉さえもいないいま、余計なことは言わない方がいい。ここは何も知らないふりをして断っておこう。ふたりで頷きあっていると、来客を告げるメロディーが鳴った。女性がゆっくりと入って来る。

「いらっしゃいませ」

普段通りの笑顔を見せる中尾の横から、太郎はそれとなく菓子コーナーに移動した。女性は店内を物色することなく、まっすぐに中尾の方へ向かった。

「こんにちは。私、神崎華《かんざきはな》と申します。こちらに志波三彦さんが勤務されているとうかがったんですが、彼を呼んでいただけます？」

太郎の位置からは、ちょうど神崎の横顔が見えた。まるでクレームをつける客のように厳しい顔つきで、声も硬い。怒っているようにも見える神崎に中尾は、営業用の顔を崩さないまま「申し訳ございません」と答えた。

「志波はただいま休暇を取っております。休暇中は社用携帯もこちらに置いてありますので連絡を取ることもできないんです」

「きゅうか」

神崎の顔から、ふっと力が抜けた。

「あー、そう。いない、のか」

神崎が手のひらを頬にあてた。ふう、とため息を吐く。

「そうか、そういうこともあるか。困ったな。じゃあ、えるちゃん……樹恵琉ちゃんと連絡つきませんか？　前にここで会ったんですけど。ほら、あなたもそのときいたでしょう？　えるちゃんと仲良さそうにしていて」

え！　と中尾が素《す》っ頓狂《とんきょう》な声をあげた。前に会ったのは一度きり、しかも中尾は神崎と話してもいないのに、覚えているというのか。

「あら。驚かせちゃいました？　私、ひとの顔を覚えるのが得意なんです。一度会ったひとは忘れないの。あのときえるちゃんと一緒にいたのはあなたと、君もでしょう？」

くるりと、神崎が太郎に振り返って微笑《ほほえ》んだ。スナック菓子を選ぶフリをしていた太郎は「うえ!?」と間抜けに叫ぶ。嘘だろ、そんなずば抜けた記憶力、あるかよ。

「あ、もちろんすれ違うひと全部覚えてるわけじゃないですよ。でもあのときは特別。えるちゃんが仲良さそうにしていたひとたちだから、覚えてただけ」

ふふ、と楽しそうに神崎が笑う。それから「えるちゃんと連絡つきませんか？」と太郎に訊いてきた。

「あ……オレ、知らない、です」

「そっかあ。あの、あなたは？」

今度は中尾に訊くが、中尾も「全然、全然！」と首を横に振る。動揺している太郎と中尾を交互に見た神崎だったが「あーあ」とため息を吐いた。

「嘘つかれちゃってるみたいね。きっと、えるちゃんから希代の悪女とか聞かされてるんでしょう。まあ、いいけど。でも私、どうしても志波きょうだいに連絡取りたいんです。どうにかなりません？」

「何々？　志波さんの話？　ファントークならぼくもまざりたーい！」

存在を忘れていた采原がぴょんと現れた。ああ！　いま、お前は来るな！　面倒くさいことが増える！　無邪気な顔を太郎は思いきり睨《にら》みつけてみるが、采原は気が付く様子がない。「綺麗なお姉さん、あなたも志波さんファン？」と暢気《のんき》に話しかけている。

「志波……三彦くんのことかな？　残念ながら、私は彼のファンではないの。とてもいいひとだし素敵だとは思うけど、私はお兄さ」

「うわあおーう！」

神崎の話を遮るようにして、中尾が叫んだ。あからさまに目で何かを訴えかけてきて、それで太郎はツギが采原に、自身が志波三彦の兄であることを隠していたと思い出す。

「あの！　廣瀬くん、悪いけどイートインスペースで話してくれる!?　他のお客様に迷惑だからさ！」

中尾が言うも、志波のいないいま、客の姿はひとりもなかった。もうひとりのスタッフ、高木が奥でドリンクを補充している音が微《かす》かに聞こえてくる。一瞬奇妙な空気になったが、太郎は「そうですよね。分かりました。向こう行きましょう、向こう」と神崎と采原を追い立てたのだった。ああくそ、この超絶厄介そうな事態をオレひとりで処理しろって？　無茶だろ！　恨みますよ、中尾さん！　ちらりと見れば、中尾はレジカウンターの奥で両手を合わせて太郎を拝んでいた。

「あら、あなた見覚えあると思ったらQ-wickの采原或るくんじゃない？」

どうにかイートインスペースに移ると、神崎が驚いたように言った。

「ああやっぱりそうだ。うちの会社の女の子があなたの大ファンなの。あの、サインいただいてもいいですか？」

バッグの中から手帳とペンを取り出した神崎に、采原が「え、マジで？　マジでぼくですか？　他のメンバーじゃなくて？」と顔を明るくする。

「ええ、あなたよ。歌声が一番澄んでるし、勉強熱心なところがいいんですって」

「嬉しい！　ありがとうございます！」

采原が顔を綻《ほころ》ばせ、手帳にサインを書く。神崎は「あの、美奈子《みなこ》ちゃんへって書いてもらっていいですか？　美しい奈良の子って、そう。ありがとうございます」とやはり嬉しそうに言う。

「つい先日も、Q-wickのコンサートチケットが取れたって喜んでたんですよ。きっと、あっという間に九州を飛び出て全国に行っちゃうんでしょうけど、九州ファンも忘れないでくださいね」

「忘れるわけないですよ！　ああ、嬉しいな」

采原がデレデレしながらサインを書き終える。それを優しい目で見ていた神崎が「それで、あなたは志波三彦の連絡先を知らないんですね？」と静かに問うた。

「はい！　知りません！」

はきはきと答える采原に「そうですか」と神崎は微笑み、それから太郎にゆっくりと向き直る。「では、あなたなら……」やわらかな弧を描いている目の奥が笑っていない気がして、ぞっとした太郎だったが、スマホが震える音がした。

「あ。私だわ」

ふっとため息を吐いて、「失礼」と神崎がバッグからスマホを取り出した。画面を見て眉根を軽く寄せ、「もしもし」と耳にあてる。

「……ええ、行く予定にしてるけど。行かなきゃいけないんでしょう？　……だから、行きますって。顔を出せばいいんでしょう？　そうするわよ。……ああもう、少しくらい遅れたってかまわないでしょう」

どうやら次の約束があるようで、電話口の相手から早く来いと言われているらしい。

「私がメインじゃないんだし、少しくらいいいじゃない」と言う神崎の顔は険しい。

「行くって。いい加減しつこい！」

最後、乱暴に通話を終えた神崎は肩で大きくため息を吐いた。ワンレングスの前髪を乱暴に掻き上げ「うざ」と吐き捨てる。

「ええと、あの？」

彼女の変わりように驚いている采原がおずおずと訊く。その采原と太郎を見た神崎は、少しだけ思い悩むように小首を傾げて、それから「あなた」と太郎を指差した。

「あなた、暇かしら？」

「え。えええ？　何でですか」

「いいから。暇？　暇ならちょっと付き合ってくれない？　日当、払うから」

「よく分からないけど、ぼくは暇ですよ」

はい、と片手を挙げて采原が朗らかに言う。しかし神崎は「君はダメ」とにべもなく断った。

「よく分からないけど、酷い拒絶！」

分からないというくせにショックを受けた顔をする采原に、神崎は「あら？　アイドルに私の彼氏のフリをさせられないでしょう」と嫣然《えんぜん》と笑った。

「へ？　彼氏？」

采原がきょとんとし、太郎も同じくきょとんとする。

「そう。どうしても男連れで行きたい場所があるの。なのに誘おうとした男とは連絡がつきそうにないし、時間は迫ってるし。だから、ねえあなた、付き合ってちょうだい」

腕をすっとやさしく摑《つか》まれ、顔を覗きこまれる。磨かれた桜貝のような爪《つめ》が服を滑り、艶のある綺麗な唇が「ね」と動き、太郎は何故だかそのひとつひとつから目が離せなくて、そして無意識に、頷いていた。

「よかった。じゃあ、行きましょ」

満足そうに言って、彼女はするりと腕を離し自分の車に戻っていく。と、振り返ってぼうっと立っている太郎に「ほら、早くして」と言う。

「え、っと。オレ、行かなきゃなんねえんですかね？」

鏡を見なくても分かる、絶対間抜けな顔をしているであろう。そんな顔を采原に向けて訊くと、采原は「よく分からないけど、頑張るしかないな」とガッツポーズをしてみせた。

「美女に意味ありげに誘われるのは、ラノベじゃセオリーなイベだからね。断る選択肢はないよ」

「いやオレ、ラノベ読んだことないし」

「ちょっと君！　早くして」

ああ、何か流されてる。急流にぶち込まれた感じ。呆然《ぼうぜん》としているのに、しかし足は動いた。采原に背中を押されて外に出ると、かっと日差しが強くなった。熱い。

「乗って乗って」

車の助手席に押し込まれると、レジカウンターから身を乗り出さんばかりにしている中尾と目があった。すわ一大事という様子の中尾に、とりあえず「大丈夫」と目で合図を送る。流されている気はするが、拉致《らち》されているわけではない。

「さ、行こうか」

神崎が運転席に滑りこむ。ふわりと香水の匂いがした。高そうな匂いは名前すら知らないけれど、太郎の心をかき乱すに十分だった。

中尾と采原に見送られて、車はゆるやかに、駐車場を出た。

＊

「福岡で美味しいごはん食べさせてあげる。好きなだけ食べていいし、お酒飲めるなら飲んでもいいわよ」

高速道路を走りながら、神崎が言う。助手席で背筋をピンと伸ばした状態の太郎は「えっと、あの、どこに行くか訊いてもいいですか」とおずおずと神崎を窺《うかが》い見た。

「お楽しみ、と言いたいところだけど、私の姉の結婚パーティーよ」

「え！」

驚いて太郎は自身を見下ろす。古着屋で買ったTシャツにチノパン、マーチンのブーツだ。薄汚くはないが、しかしフォーマルではない。考えていることが分かったのか、神崎が「大丈夫」と言う。

「身内や友達だけを招いた簡単なものって聞いてる。平服ってことだし、レストランを借り切っての立食だっていうし、問題ないわ。でもまあ、ジャケット一枚あるとよさそうね。どこかで適当に買いましょ」

「え、えっと。あの、神崎さん、のお姉さんの結婚パーティーにどうして男連れじゃないとダメなんですか」

「そうねえ。あなたにも早くいいご縁があるといいわね、なんて言われたくないしお節介も受けたくないから、かな」

「以前店に来たとき、男性と一緒にいたじゃないすか。赤いアルファロメオの」

車のインパクトが強すぎて男の顔までは覚えていないが、恋人であろう。

「あのひとでいいんじゃ」

神崎は「もう別れた」と肩を竦《すく》めてみせた。

「他にいないこともないけど、相手に変に勘違いされたくないんだよね。家族公認だと思われたら迷惑だもの」

「はあ」

だからって何もオレでなくてもいいはずだ、と太郎は思う。どう見ても、つり合いが取れていない。逆に笑われやしないか。

「元は店ちょ……志波さんを誘おうとしてたんですよね？　志波さんと連絡取りたそうでしたし」

「ああ、三彦くん？　そうね、彼は華やかだしエスコートもうまいし、連れて歩くには最高よね。彼でもよかったんだけど、できれば二彦に連絡を取ってほしかったの」

「ツギさん、すか。でも、あの」

あなたたちは何かトラブルがあったんでしょう？　なんて聞けるはずもない。もごもごしていると、「あら、あなたも二彦を知ってるの？」と神崎が軽く目を瞠《みは》る。

「三彦くんがあの店の店長ってところまでは調べられたんだけど、二彦がどこで何をしてるのかは、分からなくって。えるちゃんもいたし、二彦もあの辺りに住んでるんじゃないかって睨んではいたんだけど。ねえ、二彦は元気にしてる？」

「え、あ、はい。元気です」

「そう、よかった」

ふっと、神崎の口角がやわらかく持ち上がる。それから少しの間の後「二彦に、彼女とか、いる？ それとも結婚とか」と訊いてきた。

「え？ あ、いません」

太郎はツギの部屋に泊ったことがあるが、女性の気配は感じなかった。

「恋愛なんてもういいって言ってたという話も聞くっす」

バイト仲間の三隅美冬《みすみみふゆ》が、いつだったかツギにあっさり振られたと愚痴を零していたのを聞いたことがある。神崎はすっと表情を戻して「あ、そう」と答えた。それは、ツギに恋人がいた方がよかった、というような態度に見えて、太郎の頭にクエスチョンマークが浮かぶ。ツギさんを狙ってるんなら、フリーのほうがよくないか？ 恋愛に興味がなさそうなのが問題なのか？

「それにしても、志波家は元々宮崎で、門司港に親戚もいないはずだけど、どうしてあのきょうだいは三人も門司港に集まってるのかなあ。私が知らないだけで、何か縁があったのかな」

「実家が宮崎ってことは知ってますけど、こっちに移り住んだ事情についてはオレ、分かりません」

「へえ、じゃあ二彦もやっぱり門司港にいるんだ」

ふ、と笑われて、太郎ははっとする。どうしたオレ。ついうっかりですまないくらい、口を滑らせすぎじゃないか⁉

「え、ええとあのその、ツギさんは門司港には住んでいなくて、たまに来るだけっていうか」

おかしい。何だか普段の自分のペースじゃない。こんなうっかり、そうないのに。

「はいはい、言いたくないならいいよ。それに、私に居場所がバレたって分かったら二彦は逃げちゃうかもしれないし」

「え」

「驚かないでよ。えるちゃんから聞いてるんじゃないの？　私のこと、いろいろ」

「いえ、あの、詳しくは」

「あらそうなの？　まあでも言える話じゃないか」

鈴を転がすような声で神崎が笑うが、太郎はどう反応していいか分からずただ前を見すえた。喋るとうっかりが頻発するから、喋らない方がいい。冷静でいろ、オレ。

しかしそんな心持ちも、あっさりと崩された。

「私ね、当時姉の恋人だった二彦と寝たのよ」

突然の爆弾発言に、太郎は「ふへ！」と変な声をあげた。

「え、え、え、それはえっと、マジですか」

ありえない。いや、そんなこと、あってはならんのではないか。

「嘘、いや冗談？　いやでも笑えねえって言うか、その」

「君、いい反応するね。ほんとうの話。そのせいで、姉と二彦は別れちゃって、二彦はその後ふっといなくなっちゃったんだ。私は彼に逃げられたってわけ」

くすくすと楽しそうに神崎が笑うが、太郎は笑えない。オレ、とんでもないひとと一緒にいるんじゃないか？　とんでもない状況にいるんじゃないか？　いますでに、情報が処理できない。ええと、いまからこの神崎さんのお姉さんの結婚パーティーに行く。この神崎さんはツギさんの元カノの妹で、ツギさんを寝取ったと言っている。ということは、オレはいまからツギさんの元カノの結婚パーティーに出席する。寝取った妹の彼氏として。そういうことで合ってるのか？　ＯＫ？　いや、ちっともＯＫじゃねえ。何か、すげえやばいことになってる。

ああ、中尾さん！　いま、熱烈に、あなたにいてほしい！

こういうとき一番的確に動けるであろう、門司港に置いてきた（わけではないが）同僚を思い出す。あのとき、オレがレジに入るんで代わりに頼んますって言っておけばよかった！

自分の血の気が引いていく音が聞こえる、気がする。

オレ、これ門司港に無事に帰れるのか？　いや、帰れたとして、テンダネスでのバイト、続けられるのか？　このままじゃ、志波きょうだいに憎まれてしまうんじゃないか？

血の気が引いた後は、脂汗《あぶらあせ》がどっと噴き出した。

「やだ、そんな怖がらなくってていいじゃない」

太郎の緊張が伝わったらしい、神崎がますます笑う。

「あのとき私は二十二だった。姉は二十七で二彦はええと……二十五？　それくらいだったかな。まあ、若いときの恋愛なんてちょっとしたことで破綻《はたん》するものでしょ。私が何かしなくても、あのふたりは別れてる運命だったかもしれないし」

「は、あ」

「でもみんな、ふたりの破局を残念がってね。とりわけ、姉にものすごく懐いていたえるちゃんがショックを受けたのよ。私、酷く責められちゃった」

懐かしそうに神崎が言う。

「あなたを軽蔑《けいべつ》する、なんてわんわん泣かれてね。私は私なりにあの子のことを可愛いと思っていたから、ちょっと寂しかったな」

声はどこまでも軽やかだったが、その目はちっとも笑っていなかった。

「えー、と。ツギさんのこと、そんなに好きだったんですか」

太郎の中で、納得できる落としどころはそこしかなかった。誰にどれだけ責められても、姉の恋人でも奪いたいくらい好きになってしまった、のなら理解できる。自分にはついぞなかったが、それくらいひとを想《おも》うこともあるだろう。

しかし神崎は「……うーん？」と首を傾げた。

「どうかしら。姉をぎゃふんと言わせたかっただけかもしれない」

「ぎゃふん」

いまどきそんな言い方しないだろ、という突っ込みより先に、シンプルに内容にドン引いた。姉に対する嫌がらせで、男を寝取ったと？

恐怖に似たものに襲われて、思わず窓際《まどぎわ》に体を寄せる太郎だったが、神崎はそれに触れずに「そうよ」と独り言のように続ける。

「姉に、恋人を失って苦しんでほしかったの」

やばい。ただでさえ少ない語彙《ごい》が消滅してやばいしか言えないが、これは絶対、やばいひとだ。

これまで元カノの茂子の彼氏たちに突撃される被害を重ねてきて、中にはやりすぎだろと危機感を覚える危ない奴《やつ》もいた。そしてバイト先に害・無害関わらず変わったひとたちがこれでもかとやってくるものだから、奇人変人、何でも対応できると思っていた。無意識にではあるが、耐性があると自負していたところもある。

でもこのタイプはいなかった……！

井の中の蛙《かわず》大海を知らず。そんな言葉がちらりと太郎の頭をよぎった。よぎったとて、もう逃げようもないのだが。

ていうか、ツギさんもオレと同じ、ただの男だったんだな。

ふっと考える。恋愛なんて百戦錬磨、ひとつの失敗もなかったんだろうなと思っていた。流されることなく、どんなひとの前だって泰然と構えている、そんな気がしていたけれど、そんなはずないのだ。ツギにだって恋愛の失敗はある。隣の神崎はとてもうつくしく、妙な雰囲気があって、下品な言い方かもしれないけれど色気がすさまじい。エロいって言葉はこういうひとに使うんだと思う。この濃厚な色気に迫られたら、あのツギだってぐらぐらきてしまったのかもしれない。毅然《きぜん》と拒絶してもらいたい、とも思うけど。

さまざまな感情が入り乱れて忙しい。その中でもひときわ大きい、どうにもやるせない形容しがたい気持ちがあって、それは保育園児のころ鬼レンジャーの鬼レッドの中に白髪交じりのオッサンが入っているのを見てしまったとき以来のものだった。

しばらく、沈黙が居座った。あまりに長くて、どうしたものかな、ともぞもぞしたところで、神崎が「どうでもいい話、しちゃったわね」と話題を切り替えた。

「ごめんごめん。君はあのコンビニのアルバイト君よね？　ええと、大学生かしら」

「あ、四年です。下関市立大学です」

ほっとしていらぬことまで言ってしまう。

「へえ、そうなの。就職はもう決まった？　あらら、迷ってるの？　でもまあ、焦って見つけることはないんじゃない？　私は君の年のころ、劇団員だったよ。高校を出てからずっと、演劇漬けだった」

　楽しかったなあ、と神崎が目を細めた。

「演劇をやってたんですか」

「意外って顔してるね。こう見えて、中学生のころから俳優目指して頑張ってたのよ。バレエも習ったし、オーディションもたくさん受けたものよ。でもまあ、縁がなかったみたい。結局、辞めちゃった」

「なんで辞めちゃったんですか」

「ずっと憧れていた劇作家さん……其村美鈴《そのむらみれい》さんって方がいて、彼女の作品に関わりたいと思ってたんだけどね、亡《な》くなっちゃって」

　初めて聞く名前だった。これまで舞台を観る機会なんてなかったしな、と太郎はすぐにスマホで検索してみる。演劇界では有名なひとだったらしい。Wikipedia には、たくさんの受賞歴があった。自身の劇団『劇団そのむら』を立ち上げ、何人もの俳優を世に送り出した、とある。理知的な顔立ちの白髪の女性で、五年前に病で亡くなったようだ。

「ふうん。代表作は『夜明けの果て』に『永遠のはじめまして』……」

「ああ、『永遠のはじめまして』！　すごくいい作品なのよ。感情の濁流の中に放り込まれたみたいになるの。怒って泣いて、絶望して。最後はその中から砂金みたいな救いを見つける。中には、乱暴なだけで希望など微塵《みじん》もない駄作だなんて言うひともいるけどね。でも、砂金よ？　見つけられない奴は見つけられないに決まってる。見つけられなかったからって非難する方がダサいよ。自分が見つけられなかった救いを見つけた人間がいることを認められないなんてね。私は『永遠のはじめまして』を観て、知恵熱が出るくらい感動した。そして、絶対彼女の描く世界の一部を演じたいと思ったの。それで、とうとう彼女の『産声《うぶごえ》をあげる』の主役オーディションを受けたの。主役の由樹《ゆき》が難しい役どころでね。ある青年と知り合って、彼女は青年に恋をするんだけど、青年は実は由樹の子どもなの。由樹は八十を過ぎたおばあさんなんだけど、自分のことを二十八の女だと思い込んでいる。若い気持ちを宿した老女のからだの動かし方っていうのが難しいの。由樹は山の民で、しなやかなからだが自慢なんだけど、でも年齢を表現しないといけない。しかもね、観客に由樹の実年齢を知らせるのが終盤なのよ。観客にほんの少しの違和感を与えつつ、でも破綻なく演じるって難しいと思わない？」

急に、神崎が熱っぽく語り出した。よほど、好きらしい。

「それで私ね、その由樹役の最終選考まで残ったのよ」

少しだけ誇らしげに、神崎が顎をくっと持ち上げる。可愛《かわい》らしいところがあるな、と太郎は思う。

「すごいじゃないすか。それで、どうなったんですか」

「え……ああ、受けられなかったのよ」

ふっと、神崎の顔に影が差した。

「ま、受けていたとしても、合格したかどうかってとこなんだけどね」

「ふうん。そうすか」

太郎はスマホで『産声をあげる』の検索をする。『産声をあげる』は其村美鈴の作品の中で最も評価されているらしい。病に侵されて余命宣告を受けた其村が自身の『遺書』として書き上げたこと。満を持しての公演中に、千秋楽を待たずに亡くなったことも話題になり、主演俳優の和泉《いずみ》とも佳《か》は一躍時の人となった。和泉とも佳は最近では雑誌のグラビアも飾っていて、太郎もさすがに知っていた。

ってことは、いまの和泉とも佳の位置に、神崎さんがいたかもしれないのか。

不思議な気持ちがして、太郎は改めて神崎を窺い見る。和泉と同じか、それ以上に綺《き》麗《れい》な顔立ちをしている。張りのある声に、抜群のスタイル。そして、とにかく魅力的な雰囲気。さっき何気なく采原が言ったように曼珠沙華を思わせるうつくしさがあり、そして曼珠沙華のようにどこかに毒を孕《はら》んでいる予感を滲《にじ》ませる。このひとならもしかしたらもしかするのではないかと思える。

「何で、オーディション受けられなかったんすか」

神崎はちらりと太郎を見てから「ドナーになったから」と答えた。

「急性骨髄性白血病に罹《かか》ったひとがいてね」

骨髄適合検査を受け、合致すればさまざまな説明を受け、骨髄提供の手術のために入院しなくてはいけない。そんな中でオーディションに向けて自身の状態を整えていくことはできなかった、と神崎は淡々と話した。

「ドナー、すか。知り合いでドナー登録していたひとがいたんですけど、適合通知がきてからが大変だったって」

大学の友人だ。通知を受け取ってから実際に提供するまで、何度も病院に足を運び、繰り返し説明を受け、いくつもの書類にサインをしないといけなかったという。友人は二日ほど入院して『想像してたよりしんどかったわ』と言った。

「そう、大変なのよ。特に私は予後が酷くて。たいていのひとは二泊くらいで退院できるらしいんだけど、私は熱が出るわ吐き気が収まらないわで結局十日ぐらい入院したわ。でも、仕方ないことよね。夢より、ひとの命の方が重いもの」

さっきまでルート案内に徹していたカーナビが、着電を知らせた。神崎のスマホと連動させてあるらしい。中央ディスプレイに『タカザキコーポレーション　人事』と先方の名前が表示され、神崎が「うざ」と舌打ちした。

「ああもう、嫌なやつから電話！　君、ちょっと黙っててね」

神崎が片手でディスプレイをタッチすると、通話が始まった。

「はい、神崎です」

『どうもどうも、お世話になっております、タカザキの三村《みむら》ですが。神崎社長、いまお時間よろしいですか?』

年配の男性の声がし、神崎が「いつもお世話になっております」と真顔で、しかしにこやかな声で答える。

「申し訳ないのですけれどいま出先でして。後から折り返しかけさせていただいてよろしいですか?」

『ああ、そうなんですね。では手短に。御社から我が社に来ていただいているスタッフのことでご相談がありまして。まあ、藤井《ふじい》マネージャーさんにお話ししてもいいかと思ったんですが、神崎社長の方が話は早いでしょう? 実は先月から来ていただいている、桃井《ももい》さんって若い女の子のことなんですがね。あの子が社員食堂で昼食をとっているんですよ。派遣さんには休憩は別室でと初日からお願いしているのに、社員と一緒に食べているんですよ。いや、声をかけた我が社の社員も悪いんですけどね。それと加納《かのう》さんという三十代の女性ね、彼女はいつも始業五分前に持ち場につくんです。ウチは派遣さんは十分前から待機していただくよう決まっているんですよねえ。いやもちろんワタシからも注意しますけどね、でもそちらからも……』

手短に、と言っておきながら、三村という男はべらべらと喋り始めた。

「かしこまりました。ご迷惑をおかけしております。まずは本人たちに確認いたします。御社のルールを私と藤井、スタッフ全員で改めてきちんと共有し、その旨《むね》は別途ご報告させていただきます。それと、藤井も迅速に対応できる優秀な者です。私が御社の担当に適任だと信じている者ですから、どうぞ安心して藤井に連絡してくださいませ」

神崎が申し訳なさそうに返すが、その顔は明らかに苛立《いらだ》っている。まあそうだろうな、と太郎は思う。横で聞いていても、おかしな電話だ。担当マネージャーを飛び越えて社長に直接話さねばならない問題ではないように思う。

『そうですねえ、そうしますよ。でも一度、神崎社長に我が社にいらして頂きたいなあ。最初に一度来たっきりだったでしょう。いつもこうして電話だけ。ダメですよ、手を抜いちゃあ。ひとというのは目で見て管理しないと。人任せにしてると綻びを見落とすものですからねえ、まあこれは年寄りの嫌言《いやごと》だと思ってもらってもいいんですが、でも神崎社長を心配してのことだしね』

段々と口調が砕けてくる。太郎は、これは神崎さんを舐《な》めてるんだろうなー、と聞く。こういう、『年を重ねた男』というただそれだけで偉そうにする奴はときどきいる。太郎だって、そういう経験がある。居酒屋で、中肉中背の太郎に『いまどきの学生は』と説教を垂れ始めたオヤジがいたが、アメフト部の友人がのっそりと現れた途端、慌《あわ》てて逃げ去った。自分より弱そうな相手にしか強がれないなんて、と呆《あき》れたものだ。

太郎はできる限り低くを意識しながら、ゴホン、と大きく咳《せき》をした。喋り続けていた三村が、『えっ』と止まる。太郎をちらりと見た神崎が笑った。

「三村さん、ご助言ありがとうございます。いまおっしゃられたこと、大変学びとなりました。浅川《あさがわ》社長にはこれから直接お詫《わ》びさせていただきます。それと、私のことまで心配りしてくださる方がいらっしゃることへのお礼も必ず。ねえ？」

意味ありげに合図され、太郎はまた咳をする。

『え！　あ、あのもしやいま、へ、弊社社長と……』

「ああ、申し訳ありません、同席している方をこれ以上お待たせすると無礼になりますので。では、失礼いたします」

通話を終えると、「ぶ」と神崎が噴き出した。

「絶対、自分のとこの社長と一緒にいると勘違いしてる！　そんなタイミングよくいるかっての。ざまあ！」

けらけらと神崎が笑って「君、いい仕事するじゃん」と太郎の肩を叩《たた》く。

「あのひと、しょっちゅう私のとこにクレーム入れてくるの。担当の藤井って子が筋トレ大好きマッチョくんなんだけど、彼じゃいびりがいがないんだろうね。いい加減こっちが社長さんにクレーム入れようかと思ってたんだけど、ちょうどいいわ」

あはは、と気持ちよく笑う神崎に、太郎は「オレ、でしゃばってすみません」と頭を下げた。

「全然。咳しただけじゃん。向こうが勝手に勘違いしたんでしょ」

「そう、かもですけど」

「オッケ、オッケー。あー、すっきりした」

くふふ、と思い出すように笑う神崎に、太郎もほっとする。

「そういや、社長さん、なんすね」

「まあね。まだ立ち上げて三年だし、ちっちゃい会社だけど、ありがたいことに軌道に乗ってる感じ。いまみたいにオヤジに舐められることも、だいぶ減ったし。あ、ちょっと電話していい？ 藤井にいまの話をしておくから」

今度は楽しそうに話しながら（藤井は神崎の会話の再現を聞いてげらげら笑っていた）ハンドルを操作する神崎を見る。恋愛観はちょっとついていけないけど、でも案外いいひとかも、と少しだけ思った。

そうしている間に、車は福岡市内に到着した。会場であるレストラン近くに車を停《と》めた神崎は、目に付いたセレクトショップで太郎にジャケットを買った。

「あ、あの。自分で買いますよ、オレ」

「バイト代だと思ってくれたらいいよ。ああ、似合うじゃない。君、坊主《ぼうず》も似合ってるけど、トップをもう少しだけ伸ばしてごらんなさい。その方がもっと似合うし、もっとかっこよくなる」

　さらりと言われて太郎は思わず赤面する。は？　何で赤くなるんだ。馬鹿《ばか》か、オレは、中学生じゃあるまいし、こんな誉《ほ》め言葉程度で照れてんなよ！

　そんな太郎の葛藤《かっとう》など気にもしていないように、神崎は買い物をすませて店を出た。

　それから神崎は歩きながら「打ち合わせしましょ。いまから私のことは華って呼んで。付き合って……二ヶ月にしましょうか。嘘《うそ》は少ない方がいいから、君のバイト先のコンビニで知り合ったことにしましょ。私から声をかけた。オッケー？」と決めていく。

「神崎、えっと、華、さんからオレに声をかけたってあり得なくないですか。オレの方から連絡先を渡したことにしてください」

「あり得ないってことはないでしょ。まあいいけど、あなたの案で。二ヶ月だから、私のことをいろいろと知らなくても問題ない。何やかや言ってくるひとがいるかもしれないけど、適当に受け流してくれたらいいから」

「分かりました。オレのことは太郎と呼んでください。あの、廣瀬太郎です」

「あ」

　ぴたりと足を止めた神崎がはっとした顔をして太郎を見た。それから頬をさっと赤らめる。

「やだ、ごめんなさい。私、自分のことばっかり話して大事なこと訊いてなかった。やだ、これじゃ雇用主失格ね。ごめんなさい、いつもはこんな失礼なことしないのに。少し、緊張してるからかな」

恥ずかしそうに、耳元を掻《か》く。小さな耳を飾っている大ぶりなイヤリングがきらりと揺れた。

「あ、いえオレも自己紹介のタイミング外してたんで」

「言わせなかったのは私よ。ごめんね、ええと、太郎……そうだ、たろくんにしようかな」

神崎がはにかむように笑った。その笑顔に一瞬どきりとする。

「あ、ハイ。じゃあ、華さん、よろしくお願いします」

「こちらこそ。じゃ、行こう」

自然な仕草で、神崎が太郎の手を取った。ひんやりした柔らかな手は小さく、太郎の手の中にきゅっと収まって、太郎はもう一度、どきりとした。

着いた場所はイングリッシュガーデンを開放したうつくしいレストランだった。パーティーはもうすでに始まっているようだ。緑鮮やかな庭に白いテーブルがいくつも並び、めいめいがグラスや皿を片手に談笑している。華やかに着飾ったひともいるがノーネクタイのラフな服装のひともいて、太郎は自分がさほど場違いではなさそうなことにほっとした。

「さっさと挨拶《あいさつ》をすませてしまいましょ」

　奥に高砂のようなテーブルが設けられていて、白いふわふわのワンピースを着た女性とタキシード姿の男性がひとに囲まれている。きっとあのふたりが今日の主役なのだろう。

「華！　遅いじゃない！」

　怒った声がして、留袖《とめそで》姿の女性が駆け寄って来た。

「パーティーの前に先方の家族と顔合わせをするってあれだけ言っておいたのに！　どうして今日くらい翠《みどり》の顔を立ててあげないの。ただでさえ相手の家は婿養子《むこようし》に取られるっていい顔してないんだから、気を遣ってよ！」

「お姉ちゃん、私がいなきゃ立たない顔なの？」

「そういう話じゃないでしょう。もう！　あちらのお父様が華と会うのを楽しみにしていらしたのよ」

「来たからいいじゃない。どこ？　そのひとから挨拶しようか？」

「もう！　ともかく将人《まさと》さんに紹介するからちゃんとして……あら、こちらは？」

　女性が、神崎の横に立っている太郎に気付く。太郎が会釈《えしやく》し、神崎が「彼氏のたろくん」と簡素に紹介した。

「え！　彼氏？　あら、あの、初めまして、華の母の曜子《ようこ》です」

「あ、廣瀬太郎です。この度はおめでとうございます」

「ああ、ご丁寧にどうもありがとうございます」

へこへことふたりで頭を下げ合っていると、神崎が「もうその辺で止《や》めてよ」と止めた。

「たろくんのことは、いいから」

「いいからって言うんなら、何もこんな大事なときに連れてこなくたっていいじゃない」

曜子がきつい口調で言い、太郎には「ねえ？　もっといいタイミングがあるでしょうにねえ」と愛想笑いを向けた。

「あら。彼氏連れの方が、私がお姉ちゃんの旦那《だんな》を奪う心配がなくていいんじゃない？」

「ちょっと、華！」

神崎の言葉に、曜子が顔色を変える。神崎は「大丈夫大丈夫、その辺知ってるから、彼」とあっけらかんと笑ってみせた。

「まったくこの子は……。いい？　先方は昔のことは何も知らないんだから、絶対に余計なこと言わないでよ」

「じゃあ私を呼ばなけりゃいいのに」

「来ないなら来ないで、何かあるのかと勘ぐられちゃうでしょうが！」

噛《か》みつくような勢いで言った曜子が、会話についていけずにあんぐりしている太郎に気付き「あ、ごめんなさいね、みっともないところ見せちゃって」と慌てて頭を下げる。

「すみませんねえ、でもねえ、せっかくの場ですしねえ」

「いえいえ、オレ……ぼくも、勝手に付いてきてしまってすみません」

笑顔を作り「それより、ぼくのことは気にせずどうぞ」と続ける。曜子は「あ、すみません。じゃあ華、こっち」と神崎を促した。

先を歩くふたりの後を太郎は追う。うわー、やばいな、信じたくないけど、これマジでツギさん寝取ってる感じじゃん……。あー、どんな顔をしてたらいいんだよ、マジで。心の中で何十回目かのため息を吐《つ》いていると「あら。あれ、華ちゃんじゃない？」と近くで声がした。ちらりと目を向けると神崎よりいくつか年上そうな女性がふたり、華の背中を見ている。

「え、来たんだ。来るなんて聞いてない」

「そりゃ姉妹だもん。無視はできないってとこじゃない？」

「そうかあ。翠、大丈夫かな」

お姉さんたち、この距離だと聞こえてるんじゃないかと思うけど、わざと？

太郎は少し前を歩く背中に目を戻し、心で呟《つぶや》く。そして改めて、逃げたい、と思う。

この先にいるのは、ツギの元恋人なのだ。

曜子はまっすぐに高砂に向かった。「翠ちゃん」と声をかけると、高砂の前でにこやかに談笑していた、白いワンピース姿の女性がくるりと振り返った。

「はい」

その女性は、可愛らしい顔をしていた。

神崎とは、あまり似ていない。神崎が棘《とげ》を抱えた薔薇《ばら》や毒を孕んだ曼珠沙華で例えられるなら、姉の翠は向日葵《ひまわり》かタンポポだろうか。小麦色の肌にふっくらとした顔。大きな口は思い切り口角が持ち上がっている。

しかし翠は華の姿を認めた途端、顔を強張《こわば》らせた。それは一瞬のことで、すぐに「あ。華ちゃん」と笑顔を作る。頬の辺りに強張りが残っているように、太郎には見えた。

「来てくれた、んだ。やだ、びっくりした……」

「他でもないお姉ちゃんの結婚パーティーなんだから絶対に来る、ってお母さんが言ったでしょう」

さっきとは打って変わって、優しい母親の顔をした曜子が、翠の前に神崎を「ほら」と押し出す。神崎は「おめでとう、お姉ちゃん」と穏やかに言った。

「お祝いの席に遅れてしまって、ごめんなさい。ドレス、とてもよく似合ってる」

にっこりと笑って、神崎は自身のハンドバッグから小箱を取り出した。爽《さわ》やかなブルーの箱に白いリボンがかかっている。

「お母さんから、お姉ちゃんのためにサムシングフォーをひとつ用意してほしいって言われていたから。『新しいもの』にしたけど、ひとと被《かぶ》ってないかな？」

「え……わざわざ用意してくれたの？」

「中はピアスなの。よかったら使って」

「え！　お祝いにピアス？　何してるのよ、華。お母さんが、ネックレスがいいんじゃないかって言ったじゃない。フォーマルに使えるような、パールの」

曜子が不満そうに言う。

「あなた、もうちょっと常識を考えないとダメよ」

「ごめんなさい、普段使いできた方がいいかと思って」

母の小言をさらりと躱《かわ》して、神崎は翠に小箱を渡した。

「あ、ええと、ありがとう。あの、将人さん、私の妹の、華ちゃん」

おずおずと箱を受け取った翠が、隣にいた男性に神崎を紹介する。将人と呼ばれた男性は華を見ると一瞬、はっとした顔をした。それから、「えっと、あの、あなたが……。ありがとうございます！」と勢いよく頭を下げた。

「あなたのお陰で、ぼくは翠さんと出会えました！」

「やだ、大袈裟《おおげさ》です」

神崎が手を振って笑うも、将人は「大袈裟じゃないですよ」と真面目《まじめ》な顔をする。

「あなたがドナーになってくれたから、いまの翠さんがあるんです」

「どうでしょう。他にも適合するひとがいたかもしれないし」

「いやそれは、いなかったんじゃないか？　そう簡単に見つかるものじゃないって、あのとき先生も仰《おっしゃ》ってたじゃないか」

近くにいた男性——どうやら神崎の父が「華、遅かったな」と話に入ってくる。それから将人に「華がいなきゃどうなってたか分からなかったんだよ」と言う。

「姉妹でも適合しないひともいるというし、奇跡だったんだ。華がいたから、我が家の跡取り娘がいまもこうしているわけだよ」

将人が「ですよね」と頷《うなず》く。

「華さんにどれだけ感謝しても足りないですよ。翠さんの命の恩人なんですから」

「あらあらまあ、将人さんったら。家族の間で感謝だの恩人だのって、さすがに言いすぎだわ。それにこの子たちは昔っから仲のいい姉妹だから、当然のことだったのよ。ねえ？」

曜子が姉妹を交互に見て笑う。神崎は微笑《ほほえ》んで頷き、翠はぎこちなく「うん」と答えた。

「ねえ、そうよね。お父さん？」

「んあ？　ああ、そうだな。昔から、翠はいい姉で華はいい妹だったな」

父親が娘二人の肩を抱き、笑う。

なんか、冷や汗が止まんねえ。

太郎は平然とした顔を作りながら、心臓の辺りをそれとなく抑えた。緊張感が、やばい。仲がよさそうに見えて、一部の空気感がバチバチすぎる……。華さんのお母さんなんか、姉妹の間の空気をよくしようとしてるのか悪くしようとしてるのか全然分かんねえし。

しかしなるほど。姉のドナーだったのか。

太郎は父の横で笑顔を浮かべている神崎の顔を眺めながら思う。恋愛でいくらトラブルがあったとしても、ぎこちなくても、そこは大事な家族だもんな。あ、いや、ドナーが先なのか？　それとも恋愛トラブルが先？

「ああ、あなたが噂《うわさ》の華さんか！」

恰幅《かっぷく》のいい男性がやって来て、将人の父だと自己紹介する。将人の父は華を眺めた後「こりゃほんとに綺麗だ」と感心したように言った。

「しかも心優しくて仕事もできるときてる。素晴らしいお嬢さんだなあ。これからはうちの息子をどうぞ、よろしくお願いします」

「こちらこそ、神崎家をどうぞよろしくお願いいたします」

「あ、うちの家内も紹介しましょう。おい、お前」

家族での挨拶が始まったので、太郎は少し離れて様子を見守ることにした。変に出しゃばらない方がいいだろう。ウェイターが来て飲み物を尋ねられたので、烏龍茶《ウーロン》を貰《もら》う。

九月の心地よい風が通り抜ける。ビルが立ち並ぶ博多の街の中にぽっかりと豊かな自然が生まれていて、こんなところがあるんだなあと太郎は感心する。神崎の方を見れば話が盛り上がっている様子だったので、会場を歩いてみることにした。

今日はとんだ一日だな。

見知らぬひとたちの中を歩いていると、だんだんと気持ちが落ち着いて、不思議な感覚に変わっていく。

「あのう、華ちゃんのお知り合いです、よね？」

声をかけられて、振り返るとさっきのふたりが立っていた。

「はい。あの、あなたたちは？」

「翠……華ちゃんのお姉さんの友達です」

はじめまして、と言うふたりに「どうも」と頭を下げる。ふたりは値踏みするように太郎を見回し「お若い、ですよね？」と訊《き》いてきた。

「はい、二十二です」

「うわ！　めっちゃ若いじゃん！」

レース仕立てのワンピース姿の女性が驚いたように叫び、隣のサマーニットのセットアップ姿の方が「ちょっとさっちゃん、声でかい」と窘《たしな》める。

「あ、久美《くみ》ちゃんごめんごめん。だってめちゃくちゃ若すぎでしょ。あの、あなたは華ちゃんとどういう関係？　一緒に来たってことは、彼氏？」

「どういう……オレが彼女に頼んで、連れてきてもらっただけです」

さっき、このふたりは神崎に対して好意的な話をしていなかった。そんなひとたちに彼氏、と名乗るよりいい気がして言うと、さっちゃんと呼ばれた方が「え、どういうこと？」と重ねて訊いてくる。

「はっきりと彼氏じゃなくて男友達って感じ？　付き合ってはいないの？　ていうかどういう感じで知り合ったの？」

あー、いい大人になってもこんな風に根掘り葉掘り聞きたがるひとっているんだな、と太郎は少し呆れてしまう。まあ、そういうひと相手ならば、うまい躱し方もできるけれど。何しろこっちは天性のひとたらしと長いこと一緒にいるのだ。

「どういう立場っていうのはないですけど、ただ、ついて来た方が華さんと長く一緒にいられると思っただけです」

恥ずかしさをかなぐり捨て、脳内志波を再生して言うと、さっちゃんが「ひゃ」と声をあげた。隣の久美ちゃんもぽかんと口を開ける。

ああくそ！ 分かってるさ、店長ほど決まらねえってことは！

顔にからだじゅうの血が集まってる気がする。俯《うつむ》くと「すごい。愛されてるんだ、華ちゃん」とふたりが言った。

「じゃあ、しあわせなのかな、いま」

その声音に真面目なものを感じて、太郎は顔を上げる。ふたりは顔を見合わせて「しあわせなら、大丈夫だよね」と頷きあっていた。

「あの、華ちゃんっていまの仕事がうまくいってるんでしょ？ しあわせ、なんだよね？」

訊かれて、太郎は「え、っと。はい。だと、思います」とのたのたと答えた。突っ込んで訊かれたら、困るぞ。

「よかったぁ」

久美ちゃんが微笑む。それから「あの、変なこと訊いてごめんなさいね」と続けた。

「わたしたち、それが気になってて。いま、どうしてるのかなあって。しあわせなら、いいの。よかった。安心した」

「それは、本人に直接訊いた方がいいんじゃないですか？」

他人の憶測より、本人の口からの方がいいと思う。しかし久美ちゃんはきっぱりと
「いや、それはいい。わたしはあの子のこと許してないから、話したくないんで」と片

手をぐっと押し出すようにして言った。

「あの子のしあわせを喜びたいわけじゃなくて、ただ、しあわせならもう翠に嫌がらせしないよねって思いたいだけなの」

「そう。もう、翠を泣かせてほしくない」

さっちゃんも後に続く。

「あのときあの子が翠にしたことは、いまでも許せないの」

「はあ」

彼女たちの言う華がしたこととは、翠の恋人だったツギを寝取ったことに他ならないだろう。どうしたものかと戸惑っていると「あなたたちに許していただかなくても結構ですけど」と凜《りん》とした声がした。振り返ると、神崎が立っていた。

「あなたたちは、彼に私の過去の話をして、どうしたいの？　あなたたちのこの言動をきっかけにして別れたら、溜飲《りゅういん》が下がるって感じかしら」

にっこりと笑う顔に、迫力がある。ふたりが「別に、そんなつもりは」と口ごもった。

「ただ、わたしたちは友達だから、翠のことが心配で……」

「私、あなたたちのその『友情さえあれば踏み込んで何をしてもＯＫ』的な考え方が大っ嫌いなんです。姉はそれが好きなのかもしれないけど、私まで巻き込まないでくださいね。向こう行こう、たろくん」

神崎が太郎の手を取って、引く。太郎はムッとした顔のふたりに小さく会釈《えしゃく》をしてその場を離れた。

ひとが少ない端へ移動すると、神崎が「ああ、嫌だ」と吐き捨てるように言った。

「あのひとたち、大っ嫌い。『よかれと思って』で顔突っ込んできてかき回すのが趣味なの」

「はあ」

「絶対何か言ってくると思ってた。たろくん、嫌なこと言われてない？」

「別に、特には。あの、いつから聞いてました？」

「え？ えーと、あのひとたちが、私のしあわせを喜びたいわけじゃないってドヤ顔で言ってた辺りかな」

思い返すように小首を傾《かし》げた神崎に、太郎はホッとする。志波の真似《まね》をしたところを見られていたら、一週間は立ち直れなかった。

「その前に、何か言われたの？」

「いいえ、何でもないです。あ、これ飲みます？ まだ口付けてないんで。ちょっとグラスが汗かいてますけど、冷たいですよ」

「中身は？」

「烏龍茶です」

「ありがと。さっきまで愛想ふりまいてきたから喉渇《のど》いてたんだ」

グラスを受け取った神崎は、酒でも呷《あお》るような勢いで、グラスを空にした。肩で息を吐く。

「しあわせ、ねえ……」

ぽつんと呟いて、それから神崎は遠くにいる姉を指差し「ねえ、どう見える？」と太郎に訊いた。

「どう見える、とは」

「印象よ、印象」

「はあ。まあ、しあわせそうなんじゃないすか」

このシチュエーションでにこにこと笑っている姿を見れば、他に形容しようがない。昔のことはどうあれ、大事にしてくれそうなひとと結婚できているのだししあわせと言えよう。

神崎が「うん、そうよね」と言う。

「とても、しあわせそうよね」

その顔に、表情はなかった。いや、正確には、太郎にはその顔の示す感情が分からなかった。

「えーと、あの、訊いてもいいすか」

「何？」

「ドナーと、ツギさん寝取ったってやつ、どっちが先ですか」

いろんなひとの話を聞いてしまった以上、気になってしまう。

神崎は返事をしない。空のグラスを回収しに来たウェイターから烏龍茶をふたつ貰った。ひとつのグラスを太郎に渡し、「どっちだと思う？」と訊いてくる。

「えーと、ドナーのあとでツギさんかな、と」

「ぶー。残念。正解は、同時でした。姉のドナーになってほしいのなら私と寝てって二彦に言ったのよ」

受け取ったばかりのグラスが、滑り落ちるかと思った。想像していない答えだった。

「姉の命と引き換えなんだから一晩くらい構わないでしょ、って押し切ったの」

それは、あまりにも酷《ひど》い条件じゃないか。愕然《がくぜん》とする太郎の前で、神崎はぐるりと庭を見回す。家族と友人だけ、と聞いていたけれど集まったひとは多い。みんな、楽しそうな顔をしている。

「姉は昔から何もかも持ってた。だからひとつくらい奪ってやろうって。嫌がらせよ」

「……そんな。華さんだってじゅうぶん」

「持ってる、って続けたい？　そうかもしれないね。ひとから見れば」

神崎はグラスに口をつけようとして、やめる。それから背後を歩いていたウェイターを呼び止め「やっぱこれいらない」とグラスを返して振り向いた。

「でも私は、姉から何か、奪いたかったのよ」

太郎のお腹《なか》の中がぐるりとうねった。それは、とても横暴な行為だ。ひととして、やってはいけないことだ。

「姉がきちんと助かったのを確認した後、私は姉に二彦とのことを告白した。そりゃもう、あのひとは酷く荒れてね。裏切られた、こんな思いをするくらいならドナーになんかなって欲しくなかった、死んだ方がマシだった、って。大変だった」

翠は、妹とツギの一晩を許すことができなかった。泣いて泣いて、どうしても自分の中で受け入れられないと言って、ツギと別れた。

「自分のために恋人が頑張ってくれたと思えばいいことなのにね。私は姉の、そういう綺麗でいようとする姿勢も好きじゃないのよね」

つ、と太郎の目の前を何かが横切っていく。それは赤とんぼだった。こんな街中にいるものなのか、とちらりと思ったがそれどころではない。

「……あの、もういっこ訊いてもいいすか。華さん、ここにツギさん連れて来るつもりだったんすか」

ここに来て膨れ上がった疑問。彼女が今日、門司港まで来た理由。神崎は、ツギにエスコートさせてこの場に来たかったのだろうか。

神崎がきゅっと唇を結ぶ。

「……うーん、そうね。できれば」

「何でですか。終わったことなんだから、もう呼ぶ必要はないと思うんすけど」

「当人たちの中で終わったことになってるかどうかなんて、分からないじゃない」

太郎は、神崎を見た翠の表情を思い出す。はっきりと、強張っていた。

「いまも、ぎゃふん、と言わせたいんすか」

車内での会話を思い出して言うと、神崎は小さく笑った。

「何それだっさい台詞《せりふ》……って私が言ったんだったか。そうね、そうかもね」

「何でそんな意地悪するんすか」

「いじわる？」

「だってそうでしょう？　ツギさんのことが好きなわけじゃない、と華さんは言った。ただ、翠さんを傷つけたかっただけでふたりを別れさせた。いまも、しあわせそうな翠さんを傷つけたくて言ってるんでしょ？　華さんは何もかも持ってるのに、いい女なのに、わざわざ誰かに嫌われるようなことしないでいいじゃないすか」

意地悪、と言ったけれど太郎はほんとうは「悪質」と言いたかった。それくらい、醜い心だと思う。そんなこと、このひとはしなくていいはずなのに。

「それとも翠さんに酷い虐待を受けていたとか？　そうせざるを得ない理由があるのな

ら、教えてください」

「虐待なんてないし。ていうか、いいじゃないい、私が好きでどうしようと」

神崎が鼻白むようにぷいと横を向いた。

「結局二彦はここに来てないんだし、いいでしょ」

「そうかもしれないですけど、でもやっぱ、そういうことを基本的に考えない方が絶対健康的すよ。翠さんと将人さんはふたりで完結して、しあわせそうじゃないすか。それを何もかき回すようなことしなくたって」

「ああもう、うるさいな」

虫でも払うように、神崎が手を振った。「説教って嫌いなの。向こうに知り合いいるから挨拶してくる」と立ち去っていく。うつくしいウォーキングで会場を横切り、スーツ姿の男性とにこやかに話し始める。残された太郎は、「ひってえな」と独り言《ご》ちた。すげえ傲慢《ごうまん》なんだけど。

自分の手の中のグラスに口をつけると、それは烏龍茶ではなくウーロンハイだった。やけに濃く作られている。神崎がグラスを返したのはそういうことだったのか。

「言えよ、くそ」

返すか、いやもう飲んでやれ。ぐいっと呷ってから、神崎を見る。

神崎は、さっきまでの意地悪そうな顔を綺麗に隠して楽しそうに笑っていた。無邪気な笑い方に、怖いひとだな、と思う。性格が悪いなんて到底思えない。演技力がやばすぎる。おい、いまデレているお前。さっきまでそのひとが告白していた内容を聞いても、眉《まゆ》を下げていられるか？

「あ、そっか。舞台俳優だったか」

ふと思い出し、それからほんの出来心で、検索してみる気になった。最終選考がどうとか言っていたけれど、ほんとうは端役《はやく》しか回ってこないような脇役《わきやく》俳優だったんじゃないか？

スマホを取り出し、『神崎華』で検索をしてみる。芸名だったらアウトだったが、幸いにも本名で活動していたらしい。いまより若い神崎の写真が現れた。

「お、すげえ」

思わず呟く。どんな舞台のどんな役だったのかは分からないが、フランス人形みたいな衣装を着た写真や、ショートヘアにボロボロのタンクトップと短パン姿のものもある。フランス人形はとてつもなく綺麗だし、ショートヘアの方は細く伸びた手足が少年のそれにしか見えない。へえ、ほんとうに活動していたんだ、と太郎はスクロールする。観劇が趣味の女性のブログや、舞台女優の追っかけをしている男性のTwitterなどもいくつかヒットした。

気軽な気持ちでブログ記事をタップした。たまちゃんと名乗る女性は、其村美鈴主宰の『劇団そのむら』を熱烈に応援していたらしい。情熱の分だけというべきか、ひとつの記事の文章が、やけに長い。

『――『産声をあげる』、初公演からもう二年。あっという間の二年だった。私はいまも、DVDを飽くことなく観続けている。そして、思う。とも佳の由樹もいいけれど、彼女の由樹を否定はしないけれど、私は絶対、華の由樹が観たかった。華は其村美鈴キッズの中でも一番其村作品に理解があるし（この件は『神崎華について語らせて！』の記事を参照してください）、恐ろしいくらいストイックで努力家のひと。きっと凄《すさ》まじい由樹が出来上がったと思う。ていうか、何度も何度も言ってるけれど（リア友のみんな、首がもげるくらい頷いてるんじゃ、笑）其村美鈴は、華ありきで由樹という女性を生み出したんじゃないか、と私は睨《にら》んでいるのよ（机ドン）！　絶対にそう。異論は認めない。だって華は其村美鈴の描くしたたかで逞《たくま》しく、醜くもうつくしい女性像を具現化できる唯一《ゆいいつ》のひとだもの。彼女の、作品に対する深い理解とたゆまぬ努力については其村美鈴だって評価してたし、間違いない（机ドン）！

華が由樹役の最終選考の場にも来られなかった理由は非公開になっていたけど、最近では酷い体調不良だったみたい、という話をちらほら。あの華が欠席するほどだなんて（肺炎起こして熱が39℃あっても舞台に立って、幕が下りたと同時に救急車で運ばれた逸話、伝説だよね☆）、どんなに酷く辛《つら》い状況だったのか……（涙）。ほんとうだったら其村美鈴は華の復調を待ってくれたんじゃないだろうか。でも、其村美鈴にも残された時間はわずかだった わけで……。ああ、運命ってどうしてこんなにも残酷なんだろうね（涙）（涙）。

其村美鈴の死を以《も》って華の夢は永遠に叶《かな》うことはなくなって、彼女は失意のうちに引退してしまった。運命のいたずらは、素晴らしい俳優の命を絶ってしまったのだよ。二年経《た》っても、私はまだ華を惜しんで泣いてしまう、よよよ（涙）（涙）（涙）』

二度、文章を読み返した。それからリンクが貼《は》られていた『神崎華について語らせて！』の記事もタップしてみる。神崎華という舞台俳優がどれだけ魅力的なのか、どれだけ努力家なのかということを、たまちゃんは熱狂的に書いていた。

『出待ちの奇跡！　華に会えた！　お話しできた！　興奮しすぎで完全に不審者ですありがとう……な私に、華は丁寧に対応してくれた。めっちゃ可愛い！　めっちゃ綺麗！　おんなじ人間とは思えない、尋常じゃない細さ！　ああ、生きていてよかった。死んでもいい……。いやいやおっと、私、これだけは訊かなくちゃ、ってことがあるんだった！　と華に質問をした。それはこれまで多くの推しに訊いた、あの質問。

あなたの夢は何ですか？

テレビ？　それとも映画？　ハリウッド進出と言ったひともいたし、政治家ってひともいた。与那国《よなぐに》島でコテージを経営するなんていうひとに、サイコーに笑えたのは子だくさんパパってひと（クイズ！　誰でしょう、笑）だったな。

俳優さんの個性がぞんぶんに溢《あふ》れるこの問いに、華は、其村美鈴作品の主役をやることだと即答した。そのために何年も走ってきたんです、と。私、思わず泣きそうになっちゃった。こんなん、一生推すしかないやろー!!!　プロポーズするしかないやろー!!!（してませんのでご安心を、笑）でもそうしちゃいそうになるくらい素敵な笑顔で、素敵な言葉だった。私は華がいつか主役をやる日が来ることを信じて疑わない。そのときには大きな花束を持って行く！』

たまちゃんのブログの端々に、俳優神崎華の姿があった。ブログに寄せられたコメントも、神崎華の引退を惜しむもので溢れていた。それらを何度も読む。

ああ。華さんは、翠さんのために、夢を諦《あきら》めたってのか。

たまちゃんの、たまちゃんの周りの語る神崎華は、夢と希望に溢れた素晴らしい舞台俳優だった。そして、夢を叶えるまであと少し。これを逃すと、二度と叶わない。そんな大事なところで諦めざるを得なかった。

それは、どれだけ悩んだことだろう。どれだけ、辛かったことだろう。太郎の想像の及ばない苦悩があったに違いない。

スマホをポケットに押し込んで、太郎はぐっと目を閉じた。

『持ってる？　そうかもしれないね。ひとから見れば』

さっき、あなただってじゅうぶん持っていると言いかけた自分に、彼女が返した言葉を思い出す。オレはあまりに、残酷な言葉を投げかけようとしていたんじゃないか。たったひとつしかない夢を失ったのなら、それは何もかも失《な》くしたのと同じじゃないか。

目を開けて、神崎を捜す。神崎はさっきの男とは離れたらしい。太郎と正反対の位置にある椅子《いす》に腰かけて、つまらなそうに空を仰いでいた。

「あの、華さん」

駆け寄っていくと「何よ」と下から睨みつけられる。

「お説教の続きでもしたいの？」

「いや、あの、何も知らんくせに、勝手なこと言ってすんませんでした」

太郎は頭を下げる。

「事情だってあるはずなのに、すんません」

「何、急に。気持ち悪いな」

「ネットで、華さんの舞台俳優時代のこと調べました」

顔をあげると、神崎はうえ、と苦虫を嚙んだように口元を歪《ゆが》ませた。

「ほんっと、この時代って嫌。気持ち悪い。何でも速攻で調べられるんだもん。ていうか個人情報保護法どうなってんの」

「あの、翠さんのドナーになるために、最終選考諦めたんですか」

うえー、とますます顔に力を込めた神崎だったが、太郎が真面目に見つめ続けていることに諦めたように「……そうね」とため息交じりに言った。

「姉の病気が分かったとき、母は泣きわめいていたし、父は茫然《ぼうぜん》としてた。私だって、もちろんショックだった。たいして仲のいい姉妹でもなかったけど、嫌いあってたわけじゃないからね」

座れば、と隣の椅子を示されて、太郎はおずおず座る。神崎は目の前の賑《にぎ》やかな様子を眺めながら、話を続けた。

「適合すると言われたときは、ちゃんとほっとした。助かるじゃん、よかったって思った。でも、病院に提示された日程を見て、ぞっとしちゃった。最終選考と丸かぶりだったんだもん。あのとき其村先生は闘病してらして、スタッフは其村先生の命が尽きる前に絶対に舞台を完成させなきゃいけないって一致団結してた。私の都合で、どうこうできる状況じゃなかった。だからどうしても、姉の命と夢を天秤《てんびん》に掛けなきゃいけなかった」

わあ、と離れた所で盛り上がる。スタッフが恭《うやうや》しく大きなウェディングケーキを運んでくるところだった。フルーツが贅沢《ぜいたく》に盛られたケーキに、ひとが集まっていく。

「誰も、私の苦しみなんて分かってくれなかった。私が適合していることを奇跡だと言って、ただただ喜んだ。そして、早く姉が病から解き放たれますようにと姉のために祈ってた。母は大好きだった甘いものを絶つ誓いをたてて、二彦は元気になったら結婚しよう、婿養子にでもなんにでもなる、なんて言ってたっけ」

さあ、ケーキ入刀です。誰かの声がして、フラッシュが瞬《またた》く。楽しそうなひとたちを見ながら、神崎は淡々としている。

「お姉ちゃんは、何も失わない。いまは大変かもしれないけど、でもしあわせはこれからも続いていく。でも、私は失くすのよ。何年も大切に抱えてきた、それを叶えるためだけに必死に努力してきた夢を失くす。じゃあ、ひとつくらい、お姉ちゃんから奪ったっていいじゃない。そう思ったのよ」

ナイフがケーキに沈む瞬間は、光と声で分かった。おめでとう！　という言葉がそこかしこで溢れる。

「それで、ツギさんに」

「そう。二彦は私を軽蔑《けいべつ》するような顔で見てきたけど、背に腹は代えられないでしょ。一晩だけだって、頷いてくれた」

「最終選考の話とか、そういうのは」

「するわけないじゃない。どのみち嫌われる提案してるんだから、こっちの事情なんて話す必要ない」

言ったって、どうしようもない。小さな小さな声で付け足された言葉が、哀《かな》しく消えていく。

「……何て言うか、誰も、浮かばれない話っすね」

口の中に苦いものが広がった気がして、唇を曲げる。そんな太郎に神崎は「ほんとよね」と言う。

「少なくとも、私はちっともいいことなかったもの。自分という人間の評価を落としただけ。死にたいくらいの虚無感は、少しも癒《いや》されなかった。誰かを引きずり落としたって、自分が救われるわけじゃないのよね。自分の位置は、変わらない。でも、あのときは何もせずに落ちていくことに納得できなかった。いまも、あのときの正解は分かんない」

神崎のしたことは褒められたことじゃない。でも太郎は、彼女を断罪はできないと思う。少なくとも、自分に神崎を責める権利はない。

自分だったら、どうするだろう。誰かの為《ため》に夢が潰《つい》える。たったひとつの夢が。そのとき自分はどう考えるのか……。

いや、止めよう。失って絶望するほどの夢を抱けなかった自分に、神崎の気持ちは分からない。分かったつもりになってはいけない。

じゃあ、このひとの哀しみには、誰が寄り添ったんだ?

その瞬間、クラッカーが鳴った。

「将人さんから翠さんへ、ファーストバイトです！」

目を向ければ、ペーパーリボンや紙吹雪の舞う中で、フォークに刺した大きなケーキを翠が頬張っていた。鼻の頭と頬に白いクリームをつけた翠は、とても嬉《うれ》しそうな顔をしている。その笑顔から、太郎は神崎に視線を戻す。神崎は、穏やかに姉夫婦を眺めていた。膝《ひざ》の上で、両手が音を立てない拍手をしている。

「あ」

難解だったパズルが思わぬタイミングで解けたときのような突然さで、すとんと、腹に落ちるものがあった。太郎は「なんだ、そういうことだったんですね」と呟く。少しだけ、泣きそうだった。神崎は「何、急に」と訝《いぶか》しそうな顔を向けた。

「何なの。まさかあのシーン見て感動してんの」

「いや、まあ感動には違いないのかもしれないいすけど、分かりました。なんだ、そういうことか。華さんは、別にツギさんと翠さんを会わせようと思ったわけじゃないんすね。ただ、ツギさんに、しあわせそうな翠さんを見せたかったんでしょ」

「はあ？」

神崎が、眉間《みけん》にしわを刻んでみせるが、頬にさっと赤みが走った。

「何でそんなこと分かるの」

「や、答えを知ったいまとなっちゃ、ちょっと考えたら分かることだったんですけど、ツギさんがこの場を知ったらまず祝福するんすよ、絶対」

神崎の、小さな祝福の仕草で分かった。ツギだったら同じように祝福したはずだ。あのひとは、別れた恋人がしあわせになったと知ったらきっと喜ぶ。迷惑になるようなことは決してしない。悲しませることなど、なおのこと。

「オレ、華さんのこと悪女だと思ってたから、そっちに気を取られてそういう単純なことにも気付かなかった」

「さらっと失礼なこと言わないでよ。そんなの分かんないでしょ？」

「いや、ツギさんに関してはオレ、結構自信あります」

胸を張ってみせると、「もしかして二彦のファン？　うざ」と神崎がげんなりした顔をした。

「昔っからそう。二彦を擁護する男って異常に多いのよ。姉たちが別れた原因が私のせいだって噂になったときも、二彦さんがそんな簡単に誑《たぶら》かされたりしない！　って騒ぐ奴《やつ》らがいて」

「いやほんと、そうですよね分かります」

自分も最初は耳を疑った。太郎がうんうん、と頷くと神崎が「あー、うざ」と顔を背けた。

その横顔に、太郎は「オレ、合ってるでしょ」と訊いた。神崎は返事をしない。長い時間そうしていると、「君、わりとしつこいって言われない?」と神崎が呟く。

「分かんないっす。でも華さんはこうしてると最後には返事してくれそうなんで」

「しない」

長い間、太郎は神崎を見つめていた。さすがに怒らせてしまうだろうか、と思っていると、神崎が「お姉ちゃんが次のしあわせを見つけたんだから、二彦も見つけてほしいって言いたかっただけよ」と小さな声で、呟いた。

「優しい、すね」

「優しくなんかない。ほんとうに優しかったら、あんな馬鹿な提案しない。ほんとうに優しかったら、当日じゃなくてもっと早くから連絡してた。優しくないから、今日、ぎりぎりまで何もしなかっただけだもの」

嘘だ、と太郎は思う。きっと、悩んで悩んで、ぎりぎりまで動けなかったのだ。思い返せば、店に入って来たときの神崎はとても怖い顔をしていて、あれは緊張の表れだった。

神崎がのろりと顔を向けてくる。不機嫌そうな顔をしているけれど、ほんとうに怒っている訳ではないことは、分かる。

「だから君から、今日のこのことを伝えておいて。まあ、余計なことだったかもしれないけど」

太郎は、思わず笑ってしまう。何だか、嬉しかった。彼女が自分をここに連れてきた理由は、ツギに元恋人のしあわせな姿を伝えてほしい、そういうことだったのだ。

「へらへらすんじゃねえわ」

「あー……と。華さん、いいひとっすね」

「だから、そんなんじゃないって。寝覚めが悪いかなと思っただけだし」

わざとではなく、ただ笑いがこみあげてくる。思い返せば、言動の端々に、神崎のいいひとさが零《こぼ》れていた。

神崎が「そろそろ、行こうか」と立ち上がった。

「ここにいても周りに気を遣わせるだけだし、目的はすんだし。門司港まで、送ってくわ」

帰りの車内は、行きと打って変わって盛り上がった。神崎のお気に入りだという劇団の舞台のDVDを流し、「これ面白いすね」「当たり前でしょ。私のオススメなのよ」という会話をしていたのだった。神崎独特の解釈は面白く、「ここどういう意味すか」と訊けば「これはシェイクスピアのリア王のオマージュなの」などとすぐさま答えが返ってくる。行きは「一秒でも早く逃げたい」と時計を睨みつけていた太郎だったのに、帰りは驚くほどあっという間だった。

テンダネス門司港こがね村店の駐車場に辿《たど》り着いたとき、胸の辺りにすっと穴が抜けたような気がした。

「今日はありがとう。じゃあ、二彦によろしく」

「あ……いろいろ楽しい話をありがとうございました」

何故《なぜ》だか、すごく寂しい気がする。これで終わりか、と考えている自分がいるのはどうしてだろう。

「あ、っと。日当渡さないとね。ちょっと待って」

バッグを捜す神崎に太郎は「ジャケット代で充分っす」と答える。ちらりと、連絡先でいいっす、と考えたけれど、いや待て、何で連絡先訊こうとしてんだ、と喉元に力を籠《こ》める。

神崎は「それはそれよ、とにかくこれ受け取って」とポチ袋を取り出し、「これでいい舞台でも観なさい」と押し付ける。太郎はそれをのろのろと受け取って、のろのろと車を降りた。普段は気にもしないのに、鼻先を擽《くすぐ》る風にやけに潮の匂《にお》いを感じる。ああ、もう日常に戻ってきたのだ。

「もう、ここには来ないから、安心して」

「来ないんすか」

「そりゃそうでしょ。二彦も、えるちゃんも嫌だろうし。というわけで、じゃあね、たろくん」

ばいばい、と神崎は微笑む。その笑顔がどうしてか名残惜しくて、もう少し話していたくて、太郎は「あ！　あの！」と自分のバッグを探った。

「これ、よかったら！」

午前中に買った、ヘアクリップの存在を思い出したのだ。

「あの、付き合いで買ったものなんですけど」

「くれるの？」

「友達の彼女の友達っていう、まあ遠い感じなんですけど、その」

包装を解いた神崎が「へえ。かわいいじゃない」と言う。

「私には少し可愛《かわい》すぎるかもしれないけど。もらっていいの？」

「あ、はい。この頭だし、よかったら、その」

もごもごと言う太郎の目の前で、神崎はヘアクリップで髪を纏《まと》めた。白く細いうなじが露《あらわ》になる。

「まだ暑いし、いいかも。ありがと。じゃーね、元気で！」

にこりと笑って、神崎はあっさりと去って行った。太郎はそれを、ただ見送ったのだった。

＊

おかしい。

おかしい、おかしい。

もはや、口癖になっているんじゃないかと思うほど、『おかしい』と繰り返し続けて、早三日。太郎は、病んでいた。

神崎と別れたその日から、神崎のことが頭から離れない。大学構内ですれ違う女性――冷静に考えれば神崎でないことは分かるはずなのに――のすべてが神崎のような気がして、無駄に心臓が跳ね上がってしまう。声をかけられようものなら、誇大表現でなく飛び上がってしまう。

何だこれ。

歩いているだけで、生命力がごっそり削り取られている気がする。いや、眠っていてもそうだ。目を閉じると、あの日のさまざまな神崎が勝手に再生されてしまう。ゲームでいえば、呪いにかかった状態だ。

この日のバイトも、酷い有様だった。普段なら何てことのない接客なのに、やけに疲れてしまう。神崎と同じ香水を使っているお客が現れたときなど、心臓が破裂するかと思った。その上、香水の銘柄を知りたくて知りたくて、一緒にシフトに入っていた村岡《むらおか》に「あの匂い、どこのか分かる？」と訊いてしまう始末。

「廣瀬くん、あのお客さんみたいなひとが好みなんだ？　わりと年上攻めますなあ」

村岡には勘違いされ、同じくシフトが重なった中尾からは「ねえ、こないだは何があったの、何があったの」と好奇心の塊のような顔で問い詰められる。「いや、話せることは何も」と誤魔化しながら、しかし自然とあの日をまざまざと思い出してしまい胸が苦しくなる。ああ、まじで呪われたんかな、オレ。

夕方までゾンビのように仕事をこなし、帰ろうとしたそのときだった。夕日が差し込むテンダネスの駐車場に『なんでも野郎』のトラックが停まった。

いつもよりじゃっかん髭《ひげ》が伸びたツギが運転席から降り、「んん」と大きく伸びをする。ツギは店先でわなわなと立っていた太郎に気付くと「おー、久しぶり！」と言ってにかっと笑った。

「元気だったか、廣瀬くん！　いろいろ土産買ってきたぞ！」

その笑顔に、太郎は泣き出しそうになる。

「ツ、ツギさん！　ああ、会いたかった！」

「ん？　どした」

「とにかく、どっか、ふたりきりになれる場所に行きたいです！　いますぐ！」

そのとき、ツギが久しぶりに帰ってきたことに気付いた中尾がひょこひょこと店から出てこようとしていたのだが、衝撃的な台詞をばっちり聞いてしまい「ひょえ。何この展開バグってない!?」と大興奮して即座に回れ右した。のだったがしかし、それを太郎が知るのはまた別の話である。

ツギは「よく分からんけど、まあドライブでもすっか」と頭を掻《か》いて軽トラックの助手席を指した。

「え、あれ。樹恵琉ちゃんは？　一緒に出掛けてましたよね」

「湯布院で年の近い女友達がふたりできてな。ひとりは若松に住んでる子なんだ。その子の車に乗って帰るってさ」

「へえ、友達。そういや同年代の女の子の友達っていなかったすね」

「そ。いいことだよ。あいつ、そういう相手に飢えてたんだろうなあ。ふたりにえらく懐《なつ》いてさ。いままでは廣瀬くんくらいだったもんなあ、友達。あ、いや廣瀬くんは友達っていうより五番目の兄ちゃんかな」

「にいちゃん」

「そうだろ？　いや、いままでよく相手してくれたよ。ありがとな。じゃあ、和布刈《めかり》公園あたりにでも行くか」と言って車を出した。

夕暮れどきの海辺は、オレンジと青が絶えず混じり合い続けている。どこから話したものかと思い悩む太郎だったが、「あの、オレ、こないだ神崎華さんに会いました」と切り出した。前方に視線を向けたツギが、少しの間のあと「へえ」と呟《つぶや》く。

「それは、また意外な組み合わせだな。どうして？」

「翠さんの、結婚パーティーに一緒に行きました」

ハンドルに掛けたツギの指が、ぴくりとした。

「ほんとうは、彼女、ツギさんを連れて行きたかったんです。ツギさんを捜してテンダネスまで来たんです」

太郎は、居合わせた自分が誘われて博多まで付いて行ったこと、レストランで会った翠の様子をできるだけ分かりやすく伝わるように言葉を重ねた。ツギは静かに、それを聞いた。そして優しいため息を吐《つ》いた。

「そうか。しあわせそうだったか」

「はい。とても」

「よかった」

小さく頷くツギの顔は、どこまでも穏やかだった。

「廣瀬くんが、代わりに見て来てくれたんだな。ありがとう」

「や、オレはたまたまで。華さんが、その。そんで、あの、彼女は悪気があったわけじゃないっていうか。今回も、その、前も」

どう説明すれば伝わる？　ツギは、神崎のことを、昔のことをどう思っているんだろう。

信号が赤になる。静かにブレーキを踏んで、ツギは「あのとき、おれは酷いことをした。おれは一生、あのときの自分のしたことを忘れられない」と言った。

「廣瀬くんは、華から聞いたのか」

「……ドナーの条件ですか。そのことは、はい」

「ああ。おれはあのとき、翠を生かすことしか考えていなかった。華がいれば翠が助かる、それだけしか見えてなかった。だから華が取引しましょうって言ったとき、耳を疑ったよ。でも、神崎の家は姉妹に差をつける家でさ、家を継ぐ長姉の翠の方が可愛がられてた。そういう差が華に馬鹿《ばか》なことを言わせたんだなと、哀れにすら思ったんだ」

太郎は、曜子の態度を思い出す。彼女の中で娘ふたりに差をつけているのは、僅《わず》かな時間でも分かった。

「そんなくだらないことで満足するなら好きなだけ抱いてやる、ってまあ、酷いこと言ったよ。華は泣きそうな顔をして、でも一粒の涙も零さなかった」

青に変わり、車はゆっくり動き出す。

「でもそれからすぐあと、ドナーになるために華がオーディションを諦めたって聞いた。教えてくれたのは華と同じ劇団の子だった。あなただけは華が失ったものを知っててほしいって、泣かれたよ」

「え……。知って、たんすか」

「知ってた。華が、おれのことずっと好きだったってことも」

太郎はそっと目を閉じる。だろうな、とは思っていた。あのひとは一言もツギに対する恋心を口にしなかったけれど、でもツギを語る顔や声には隠しきれていない特別な色があった。

「劇団の子は、華は一生隠し通すつもりだったって言ってた。おれも、そう思うよ。翠が何事もなく健康で、何のトラブルもなければ、あの子は決して、自分の気持ちを押し付けたりしなかっただろう。そういう、何もかもをおれは知ってて、何もかも分かってて、でもおれは翠に生きていてほしくて、知らないふりをした」

先を走るトラックがパパッと短いクラクションを鳴らした。知り合いのトラックとすれ違ったらしい、対向車のトラックも、それに応《こた》えるようにクラクションを鳴らす。

「狡《ずる》かった。何もかもを隠して強がる華に、甘えたんだ」

車は和布刈公園の第二展望台に着いた。海側の駐車場に停めて、ふたりで外に出る。響灘《ひびきなだ》に太陽がとろとろと溶け込んでいた。昼間の色を全部混ぜ合わせたような海の上には関門橋がかかり、そこを渡る車のライトが連なっている。その向こうでは、下関の街並みが光の粒となって浮き上がる。

「怖かったんだよなあ」

眼前の景色に顔を向けて、ツギが言う。

「大事なひとが死ぬかもしれないなんて、初めてのことだった。深い闇《やみ》に飲み込まれてしまうような気がして、びびって、怯《おび》えてた。冷静でいようと努めていたつもりだったけど、その実、ちっとも冷静になれていなかった。いろんなこと分かってるつもりで、いろんなことができるつもりだったけど、情けねえもんだよ。翠が助かって、華が翠に何もかもを告白した後は特に、自分の無力さってのをすごく感じた。結局おれは何ひとつできなくて、それどころかおれのせいで姉妹にいらぬヒビをいれてしまったわけだもんな。翠が泣きながら『あなたとはもう無理』って言ってきたときは、そりゃそうだよなと思ったよ。自分の生死がかかってる大事なときに、恋人がそんな情けないことやってんだ。そんな奴、おれだって嫌だよ」

「そんなこと」

「そんなこと、あるさ。それで結局おれは、ふたりから逃げた」

「華さんはそういう風に考えていないと思います。お姉ちゃんが次のしあわせを見つけたんだから、二彦も見つけてほしい、って言ってました」

くるりとツギが振り返り「あの子がそう言った？」と訊《き》く。頷《うなず》くと「いい子すぎるだろ」と困ったように笑った。

「あの子はどれだけでも、おれの文句言っていいのにな」

「言わないすよ」

「そうなんだよな。あの子は、いつも黙ってる。言いたいことも言っていいことも言わなきゃいけないことも、相手の気持ちを考えて黙ってる」

ああ、やっぱすげえなと太郎は思う。このひとは、ちゃんと見てる。相手を理解しようとしている。でも、こんなひとでもうまくいかないことがあった……。

日中よりも冷えた風が吹く。数日前までは嵐のようだったのに、そっと頰を撫《な》でて去っていくような風だ。

「翠はしあわせそうだったかあ。何だか、ほっとしたな」

ツギがぽつりと呟く。

「おれは翠をしあわせにできなくて、泣かせて終わったから、ずっと気になってた。もう、安心だな」

「そう、すね」

「華にも、しあわせを共有できる相手がいてほしいなあ」

「会ってみたら、どうすか。華さん、多分まだツギさんのこと」

言いかけて、太郎の胸がずきんと痛んだ。

「いや、あの子をしあわせにできるのは、おれじゃねえよ」

ツギが空を仰ぐ。

「できるんだったら、あのときあんな道を選んでねえ。何より、あんないい子におれは釣り合わねえ」

太郎も、ツギに倣《なら》うように空を仰いだ。星々が小さく瞬いている。明日も晴れそうだ。

「誰かをしあわせにするとか、共に生きるとか、そういうのは自分にはできねえんだと思う。自信がない。でも、そういう相手を捜してるような気も、するんだよな。何をしてでも傍に居させてほしい、この手でしあわせにさせてほしいと頼み込むような、そういう相手を、どっかで捜してるのかもしれねえなあ」

「ツギさんでも、そんなん考えるんすか」

「ときどきな。いまはさすがに、しみじみ考えちまうな」

ツギが、とても近しく感じられる。ああ、このひとも、もがくことがあるんだな。

「そういう相手って、どんな感じで出会うんでしょうね」

「さあなあ。おれの感覚で言えば相手に感染する感じなんじゃねえかな」

感染。ふっとツギを見ると、ツギは「んん」と両手を伸ばして伸びをしていた。

「相手の存在に細胞から影響受けて、全身で相手を求める感じ。そういう相手っているんだろうな、ってまあこれは何となくの勘だけど」

「かんせん、感染」

繰り返して、太郎ははたと理解する。それから、心臓が跳ねた。ええ、え、待って待って。呪いって、これって。

「どうした、廣瀬くん。顔赤いけど具合悪いのか」

「あの……いや、あの、大丈夫、す」

さすがに、ツギに言えない。でも、自覚してしまった。

オレ、華さんに惚《ほ》れたんだ。

間違えようがない。勘違いではない。言い訳のしようがないくらい、神崎華が好きだ。うわうわ、まじで？　てか、こういうのが『好き』か。くそ、圧倒的じゃねえか。自分の中にこれまで存在しなかった強さと熱を孕《はら》んだ感情――これまでどうして気付かなかったのかと呆《あき》れてしまうくらいクソでかい感情に、狼狽《うろた》えてしまう。何だよ、こんなにでかい感情だったなら、樹恵琉に対する気持ちが『そう』じゃないことくらい明々白々だったのに！

いや、さっきツギさんに樹恵琉の『兄ちゃん』と言われたときに納得してもいたんだ。きょうだいがいないからいまいち形容しにくい感情だったけれど、家族に対する気持ちに近い気は、してた。

それと同時に、とんでもないことになったと呆然《ぼうぜん》とする自分もいる。相手が、神崎華？　いくら何でも、無謀すぎる。しかももう二度と会うこともない相手なのに。

「おーい？　廣瀬くん、どうした。帰るか？」

瞬く間に、体温が上昇する。知恵熱だ。太郎はツギに抱えられるようにして軽トラックに乗せられ、自宅アパートまで搬送されたのだった。

知恵熱に苦しんで、三日目。自室のベッドで悶々《もんもん》としていると、スマホが鳴った。相手は古賀で、大学を休んでいることを心配してくれているのかと思って出れば『こないだのヘアアクセサリー作ってた子、覚えてる？』と前置きもなく訊いてくる。

「ヘアアクセサリーって、門司港レトロで販売してた？」

『そうそう、太郎も一個買ったじゃん』

「ああ」

そういえば、あのとき買ったヘアクリップは神崎に渡したんだった。赤い天然石のクリップはわりと似合っていたけれど、神崎にはもう少し大人っぽいデザインの方が……と勝手に思考が流れていって、太郎は慌《あわ》てて頭を振る。やばい。油断するとすぐに神崎のことを考えている。

「それがどうしたんだよ」

「いやそれがな、彼女、品物の中に自分のメアドを書いた名刺入れてるんだわ。それ見てオーダーしてくれるひともいるらしくってさ。そしたらそこに『赤いヘアクリップをたろくんから貰《もら》った者なんですが、たろくんの連絡先分かりますか？』って連絡があったらしくて」

　がばりと布団《ふとん》から身を起こす。

「マジ、で？」

『なあ、名前何だっけ、芽衣子。えーと、神崎華、さん、だって。知ってる？』

「知ってる！」

　さっきまで微塵《みじん》もやる気が湧《わ》かなかったのに、駆け回りたいような衝動に襲われる。

「すぐ、連絡して。オレの電話番号教えていいから」

『何だよ、めっちゃ食いついてくるじゃん。華さん？　てどんな子だよー』

「今度話すから、早く！」

『お、おお、分かった』

　通話を切って、それから太郎は布団の上に正座をした。やばい。何で連絡先訊いてくれたんだ。やばい。華さん、オレのこともう忘れたかと思ってたけど、覚えてくれてたんだ。

　正座したまま、一時間が過ぎたころ、電話が鳴った。一秒で電話に出ると『はっや』と笑う声がした。

『たろくん、電話取るの早すぎ』

「あ、いや！　その、はい」

『こないだは、ありがとう』

笑いを含んだ優しい声がする。うわ、もうこれだけで死ぬほど嬉しい。オレ、やばいな。理性がぼろぼろ剝《は》がれ落ちていく気分だ。

「あ、あの、どうしたんすか」

『和泉とも佳ちゃんの主演舞台のチケットを貰ったの。この間、舞台に興味持ってたみたいだから、一緒にどうかなと思って』

「行きます」

信じられない。夢じゃないのか。そう疑いつつも即答すると、神崎は『じゃあ、来週の金曜日の夜空けておいて』と言う。博多駅で待ち合わせの約束をして、夢心地で、電話を切った。

その日の夕方からテンダネスでのバイトが入っていて、出勤すると志波がいた。湯上りかと思うほど、つるんとすっきりした顔をしている。

「心配かけてごめんね！」

「もう大丈夫なんすか」

「大変だったんだよぉ」

志波が眉をぐっと下げる。要約すると、耳なし芳一《ほういち》耳ありバージョンで数夜を過ごしたらしい。

「耳ありバージョンってことは全身……」

「みんながこぞってぼくに書き込もうとして、俎板《まないた》の鯉《こい》の気分だったよ」

ふう、と志波がなまめかしいため息を吐くと、数日間志波と離れていたファンたちが「ほぅ……」とため息を重ねる。「いまから除霊師目指そうかな」「ていうか除霊師職権乱用じゃね？」という呟きも聞こえて、ああ、いつもの店内に戻ったなと太郎は思う。

賑わう店内だったが、夜中にもなればさすがに客足が途絶えがちになる。久しぶりの業務を嬉々《きき》として行っている志波を横目に店内の清掃をしていると、ツギがふらりとやって来た。

「ミツ、お前憑《つ》かれてたんだって？」

「あ、兄ちゃん。そうなんだよ、大変だった」

「イチ兄のお守りどうしたんだよ。あのひとの作ったやつがあったら、そうそう危険はないはずだろ」

「いや、持ってたんだけど、さすがに八年前のだから期限切れだったみたい」

「え、そうなの？　おれのやつも切れてたらやだな」

「樹恵琉も同じこと言ってた。とりあえず新作送ってくれって手紙書くつもりだけど、イチ兄ちゃんっていまどこにいるんだろ？」

「知らねえ。一年くらい前は南米あたりだったよな？」

相変わらず突っ込みどころ満載の会話をしている。久しぶりの会話を邪魔すまいと黙って床を磨いていると「よっす、廣瀬くん」とツギが声をかけてきた。

「体調、よくなったか」

「はい。ご迷惑おかけしてすみませんっした」

メールでお詫《わ》びをしていたのだけれど、直接言えてよかった。頭を下げる太郎に「いや、おれの問題に関わらせたせいかもしれないし」とツギが言う。

「つうか、あのときは体調悪そうだったから話を切り上げたけどさ。華とおれ、何もないからな」

言いにくそうに、頭をがしがし掻きながら続ける。

「男女のそういうの、ないから。一晩一緒にいたのは事実だけど、やっぱできないよな」

「は？　え、あ、えと、何でそういうことをわざわざ、オレに」

気にならないといえば嘘《うそ》になるけれど、でもどうして。驚いていると「や、気になってるんだろうなと思ったから」とツギは言う。

「華のこと。だから、これから先の不安になるのなら先にちゃんと言っておこうと」

「え。何で、分かるんですか」

「え。君、分かって欲しそうだったぞ。あまりにも」

え。太郎は愕然《がくぜん》としてツギを見る。ツギは「何だ、自覚なしか。様子が全然、いつもと違ってたくせに」とくすりと笑う。

「まあ、あれだ。手助けはできないが、応援はする」

立ち尽くした太郎にツギは「じゃあ、元気で」と片手を挙げて去っていく。

「おれはしばらく、旅に出るから」

「え！　それってオレのせいですか」

慌てて追おうとする太郎に、ツギは「オリジナルキャラクター捜してくるんだよ」と振り返った。

「樹恵琉のせいで、全然はかどらなかった。もう一回行ってくる」

「兄ちゃん、もうすぐ締め切りだから気を付けてね」

ツギは出て行き、それを志波が見送る。手を振っていた志波がはっとした顔をして戻ってきて「廣瀬くん、来て来て！」と手招きをした。

モップを手にしたまま「何すか」と外に出る。

「ほら」

志波が空を指差すと、卵色の月がぽっかりと浮かんでいた。

「満月！　ああ、秋ってのは、月夜がうつくしいねえ。お客様に聞いたけれど、ここ最近風が強かったんだって？　春は嵐が運んでくるというけれど、ぼくは、どんな季節も嵐に乗ってやってくるんだと思うのさ。嵐が次の季節を勢いよく連れて来るんだ」
志波の言葉を、太郎は月を見上げながら聞く。そして、確かにそうかもなあと思った。
あの日の嵐は、新しい季節をオレに連れてきた。
駐車場に客を乗せた車が入って来るまで、太郎は月を見上げていた。

エピローグ

この街を離れなくてはいけなくて、でも私はどうしても、離れたくなかった。この街には、たくさんの思い出があるから。

両親と手を繋《つな》いで歩いた海辺、親友だったのり子ちゃんと通った学校。お兄さんの友達で、私の憧《あこが》れだった菊一《きくいち》さんのお勤めだった門司駅。時が経《た》つに連れて街並みは少しずつ変わっていったけれど、でも街に漂うやさしい空気は、いつだって同じだった。

でも、そろそろ離れないといけない。私はこの執着を手放さなければいけない。頭では、理解している。ああ、でもせめて最後にこの街にお別れを言いたい。いままでありがとうって、伝えたい。でも、ひとりで別れを告げて回るのも、あんまりに寂しすぎやしない？

門司港駅の駅舎の端に座ってほろほろ泣いていると、「どうしたのです？」と声をかけてくださるひとがいた。見上げると、とても綺麗《きれい》な殿方が立っていた。菊一さんをもっともっと磨いたような、とびきり美しい男性。

「どうしてこんなところで泣いているんです?」

彼は私が今日この街を離れることを憂《うれ》えていると知ると「ぼくでよければお付き合いさせてください」と微笑《ほほえ》んだ。

「ええ、そんな。今日知り合ったばかりですのに、いきなりお付き合いだなんて」

申し訳ないわ、と言うと彼は寂しそうに微笑んだ。

「ぼくはちょうど、フラれたところなんです。約束した場所で待っていたんですけど、どうも来てくれないようで」

まあ、と私は目を見開く。だってだって、こんな素敵な殿方をお断りする不届きな者がいて? 信じられない。でも彼は「ぼくは追うと逃げられてしまって。ダメですねえ」とひときわ眉《まゆ》を下げる。

「ああ、でもだからって、暇つぶしで申し出ているわけではないんですよ。あなたがあんまり寂しそうだから、つい」

「ありがとうございます。では、私たち、寂しい気持ちが共鳴したのかもしれませんね」

思わず笑うと、彼は「そうかもしれませんね」と笑ってみせた。

私は、現金すぎて恥ずかしくなるくらい、心が弾むのを感じていた。こんなにも綺麗な男性と、ううん、男のひとと街を歩いたことなんて、一度もなかった。両親の言うままに結婚をしたあのひとは昔から囲っている女のひとがいて、私と街歩きなんてしてくれたこと一度もなくて……あら、私って結婚していた、のかしら？　まさか。だって私はええと、まだ女学生、よね？　あれれ？　そもそも私はどうしてこの街を離れなくてはいけないのかしら？　ふっと両手を広げて視線を落として考える。

何だか私、変ね？

小首を傾《かし》げて考えていると、彼が「ぼくは志波といいます。あなたは？」と訊いてくる。

「ああ、私は衿沢《えりさわ》……」

口を開いて、はっとする。衿沢って、何？　私は乾《いぬい》家の長女よ？

おかしなことばかりで、頭の中に疑問符がたくさん浮かぶ。

「ええと、私は乾、一子《かずこ》です」

のたのたと自己紹介した私に志波と名乗った彼は「一子さん。よろしく」と白い歯を零して笑う。途端に、心臓がきゅんと震えて、いまの状況がどうだっていいじゃない、と思う。だってだって、私の人生でこんなに素敵な方と知り合える機会、もう二度とないもの。ああ、これってもしかしたら、神様が与えてくれた奇跡なのではないかしら。

「奇跡？」

自分の言葉にはっとする。それから、自分の手のひらを見た。薄桃色が掻き消え、血管と骨の浮いたかさかさの手のひらに変わった。

あ、そっか。私、死んじゃったんだわ。私は衿沢家に嫁いで、そして二十九で死んじゃったのよ。ええと確か、あのころは昭和……。

それから、周囲を見渡す。私の記憶よりずいぶん、綺麗。

「ねえ、志波さん。いまって」

何年、と訊こうとして止《や》める。改めて見れば、私の周囲にいるひとや志波さんの服装は、私の知っているはやりのものとはまったく違っていた。

思えば、何年もこうしていた気がする。ここから離れたくなくて。離れたくない理由が確かにあったはずで、ああそうだ。菊一さん。私とひそかに愛を育《はぐく》んでいた、大事なひと。

菊一さんの実家は裕福ではなく、私は両親に言われるままに、地主だった衿沢家の、二十も年上の男に嫁がなければいけなかった。でも私は菊一さんを愛していて、彼もまた、私を誰よりも大切に思ってくれていた。

私が衿沢家に嫁ぐと同時に、彼は『ここで奥方になった君を見ているのは辛い。日本全国を旅してまわろうと思う』と言い置いて門司からいなくなった。別れの日、彼は私に言った。

『いつか、君を守れる自信がついたら、攫《さら》いに来るよ』

だけど彼はいつまでも帰ってくることはなくて、数年後、東京で年下の女性と結婚したというはがきが兄の元に届いたんだった。そのことにショックを受けた私は病を得てしまい、彼が『あれは嘘だよ』と帰って来るのを夢見ながら、死んだ。

ああ、そうだった。私は菊一さんを待っていたんだわ。

ほろりと、さっきまでとは違う涙が零れた。長い間待ち続けて、長い間待ちすぎて、待っている理由すら分からなくなっていた。

「一子さん？　どうしました？」

志波さんが、私の顔を覗《のぞ》き込む。私は慌てて、涙を拭《ぬぐ》った。

「何でもないの。志波さん、ええと、ほんとうに、私に付き合ってくださるの？」

「一子さんがよろしければ」

にこり。また笑いかけられて、そんな状況ではないのに、きゅんとする。ああ、こんなにきゅんきゅんしてたら心臓が持たない。いやでも、死んでも心臓ってあるのかしら？

ああ、もうどうでもいいわ。この志波さんと一日一緒に過ごして、この日を最後に成《じょう》仏《ぶつ》しよう。すべてを思い出したいま、ここに居続けるのも哀しすぎる。

恋が叶わなかったことの哀しみは、彼との時間で忘れよう。

「で、ではあの、今日一日、よろしくお願いいたします」

深々と頭を下げると、彼は「こちらこそ」と優しい声で言った。ああ、この声も、素敵。耳の中から入り込んで、からだの内側を優しく撫でてくれているよう。

ほしい。


一瞬、自分のものとは違う声が聞こえた気がした。あら？　いまのは何かしら？

疑問を挟む間もなく、手が勝手に動いて彼の腕を摑《つか》んでいた。

「腕、いいですか？」

口も勝手に動く。待って待って、私、そんなにはしたなくないわ。

志波さんが一瞬驚いた顔をして、しかしすぐに笑みを作る。

「どうぞ」

また、きゅん。ああもう、なんて素敵なひとだろう。このひとなら絶対にひとを哀しませるようなことをしないし、約束だって守るはずよ。ああ、志波さんみたいなひとに出会っていれば、私の人生はきっと何かが変わっていたはず。

連れて行っちゃえばいいじゃない。

また、私のものとは思えない声がする。迎えに来るのを待ってたって、来てくれなかった。だからさ、連れて行っちゃえばいいんだよ。

だんだんと大きくなっていく声に疑問を抱えつつ、私は彼の腕に巻き付いた。

＊

「というのが、私が除霊師の方の補助をした際に精神共有した一子さんの意識です」

志波の除霊のため秋田に向かった、こがね村ビル婦人会有志のひとり、西園寺《さいおんじ》薫子《かおるこ》が厳かに言って口を閉じると、その場にいた全員が「こえええええええええええ」と震えあがった。

「それがほんとうの話なら、店長は幽霊をナンパしたってこと？」

テンダネス門司港こがね村店のアルバイトである高木——通称ウクレレくんが「ここまで常識外れだとは」と呆れ返ったように言えば、その隣でメモをがんがん取っていた中尾は「ああもう、なんで夏の終わりに怪談ぶちこんでくるかな。この話、六月くらいに聞きたかった！」と頭を掻く。居残り組だったこがね村ビル婦人会のメンバーたちは「ていうか、そもそもみっちゃんをドタキャンしたひと誰よ⁉　そのひとのせいでみっちゃんが苦労したってわけでしょ」と鼻息を荒くした。

バイト終わりにイートインスペースに引きずり込まれ、強制的に聞かされた太郎は、「相変わらず話題に事欠かねえな」と恐怖半分感心半分で聞いていた。太郎は霊感などないし、これまで一度も心霊体験と言われるものを経験したことがない。中学校のとき、肝試しとして夜中に近所の墓場に男子たちで行ったことがあったけれど、みんなが『いまのは何だ⁉』『やべえ火の玉見たかも』と騒ぐ中、太郎はまったく怖くなくて、虫刺されの方を気にしていたくらいだ。

幽霊だの、とり憑くだの、あるところにはあるのかねえ。

西園寺はやけに演技力があって、そのためものすごく話にリアリティがあった。除霊の最中に一子の霊に完全に支配され「ほしい」と叫び続けた件《くだり》などは薄気味悪くて逃げ出したくなるほどだった。だけど、それは西園寺の演技力の賜物《たまもの》であって、ほんとうに？　と疑う自分がいる。

まあ、どうでもいいけど。おれには縁のないことだろうし。

ため息を吐き、「それでそれで、その後どうなったの⁉」と盛り上がる集団に「お疲れ様です、帰ります」と声をかけて――誰も聞いちゃいなかった――太郎はイートインスペースを出た。

バイク置き場に向かおうとすると、エレベーターの扉がタイミングよく開き、志波が降りてきた。今日は志波は休みなので、私服だ。麻のシャツにパンツスタイル。

「や、お疲れ様、廣瀬くん。いま帰り？」

「お疲れ様っす。店長は、店へ？」

「いや、散歩に、気持ちのいい夕暮れだから」

ふふふ、と微笑む顔は、すっかり元気そうだ。秋田へ立つまではいまにも倒れそうなくらい顔色が悪かったし、そういうことを考えれば何か問題はあったんだろうなと太郎は思う。

「じゃ、またね」

志波が太郎の傍を通り過ぎようとする。そのとき、肩に髪の毛が乗っているのに気が付いた。太郎はそれを何気なく「髪の毛、ついてますよ」と指でつまみ上げた。

ずるり。

長い長い黒髪が、数本。這《は》うようにして引き出された。

「うえ!?」

驚いて、手を離す。ゆらりと落ちた髪の毛は、すぐに見えなくなった。

「え？　ついてた？　ありがとう」

にこりと笑って、志波は手を振って去って行く。その背中を目で追った太郎は、足元に視線を落とそうとして、やめた。

見間違いだった、ことにしよう。

ぶるんぶるんと頭を振ったあと、除霊ってちゃんとできてるんだよな？　と思う。ふっとイートインスペースに戻りたくなった太郎だったが、見間違いだったことを信じて、バイク置き場まで全力疾走したのだった。

この作品はｗｅｂマガジン「yom yom」で二〇二二年十一月から二〇二三年七月まで連載されたのち、新潮文庫ｎｅｘにおさめられた。プロローグとエピローグは書き下ろされた。

山本文緒著

アカペラ

祖父のため健気に生きる中学生。二十年ぶりに故郷に帰ったダメ男。共に暮らす中年の姉弟の絆。奇妙で温かい関係を描く三つの物語。

山本文緒著

自転しながら公転する

中央公論文芸賞・島清恋愛文学賞受賞

恋愛、仕事、家族のこと。全部がんばるなんて私には無理！　ぐるぐる思い悩む都がたどり着いた答えは――。共感度100％の傑作長編。

窪　美澄著

ふがいない僕は空を見た

山本周五郎賞受賞・R-18文学賞大賞受賞

秘密のセックスに耽る主婦と高校生。暴かれた二人の関係は周囲の人々を揺さぶり――。生きることの痛みを丸ごと包み込む傑作小説。

窪　美澄著

晴天の迷いクジラ

山田風太郎賞受賞

どれほどもがいても好転しない人生に絶望し、死を願う三人がたどり着いた風景は――。命のありようを迫力の筆致で描き出す長編小説。

窪　美澄著

よるのふくらみ

幼なじみの兄弟に愛される一人の女、もどかしい三角関係の行方は。熱を孕んだ身体と断ち切れない想いが溶け合う究極の恋愛小説。

窪　美澄著

トリニティ

織田作之助賞受賞

ライターの登紀子、イラストレーターの妙子、専業主婦の鈴子。三者三様の女たちの愛と苦悩、そして受けつがれる希望を描く長編小説。

堀川アサコ著

伯爵と成金
—帝都マユズミ探偵研究所—

伯爵家の次男かつ探偵の黛《まゆずみ》望《のぞみ》と、成金のどら息子かつ助手の牧野心太郎が、昭和初期の耽美と退廃が匂い立つ妖しき四つの謎に挑む。

堀川アサコ著

悪い麗人
—帝都マユズミ探偵研究所—

殺人を記録した活動写真の噂、華族の子息と美少年の男色スキャンダル……伯爵探偵と成金助手が挑む、デカダンス薫る帝都の事件簿。

堀内公太郎著

スクールカースト殺人教室

女王の下僕だった教師の死。保健室に届く密告の手紙。クラスの最底辺から悪魔誕生。もう誰も信じられない学園バトルロワイヤル！

堀内公太郎著

スクールカースト殺人同窓会

イジメ殺したはずの同級生から届いた同窓会案内が男女七人を恐怖のどん底へたたき落とす。緊迫のリベンジ・マーダー・サスペンス！

堀内公太郎著

スクールカースト殺人教室　リベンジ

スクールカースト最上位から転落した元「女王」。反省するはずもない彼女の悪意が、再び1-Dへ牙を剥く。学園バトルロワイヤル。

藤岡陽子著

手のひらの音符

45歳、独身、もうすぐ無職。人生の岐路に立ったとき、〈もう一度会いたい人〉を思い出した——。気づけば涙が止まらない長編小説。

深沢 潮 著
縁を結うひと
R-18文学賞受賞

在日の縁談を仕切る日本一の「お見合いおばさん」金江福。彼女が必死に縁を繋ぐ理由とは。可笑しく切なく家族を描く連作短編集。

深沢 潮 著
かけらのかたち

「あの人より、私、幸せ?」人と比べて嫉妬に悶え、見失う自分の幸福の形。SNSにはあげない本音を見透かす、痛快な連作短編集。

津村記久子著
とにかくうちに帰ります

うちに帰りたい。切ないぐらいに、恋をするように。豪雨による帰宅困難者の心模様を描く表題作ほか、日々の共感にあふれた全六編。

津村記久子著
この世にたやすい仕事はない
芸術選奨新人賞受賞

前職で燃え尽きたわたしが見た、心震わすニッチでマニアックな仕事たち。すべての働く人の今を励ます、笑えて泣けるお仕事小説。

朱野帰子著
わたし、定時で帰ります。

絶対に定時で帰ると心に決めた会社員が、部下を潰すブラック上司に反旗を翻す! 働き方に悩むすべての人に捧げる痛快お仕事小説。

朱野帰子著
わたし、定時で帰ります。2
―打倒!パワハラ企業編―

トラブルメーカーばかりの新人教育に疲弊中の東山結衣だが、時代錯誤なパワハラ企業と対峙する羽目に!? 大人気お仕事小説第二弾。

芦沢　央著　**許されようとは思いません**

入社三年目、いつも最下位だった営業成績が大きく上がった修哉。だが、何かがおかしい。どんでん返し１００％のミステリー短編集。

芦沢　央著　**火のないところに煙は**　静岡書店大賞受賞

神楽坂を舞台に怪談を書きませんか――。作家に届いた突然の依頼が、過去の怪異を呼び覚ます。ミステリと実話怪談の奇跡的融合！

浅原ナオト著　**今夜、もし僕が死ななければ**

「死」が見える力を持った青年には、大切な誰かに訪れる未来も見えてしまう――。愛する人への想いに涙が止まらない、運命《いのち》の物語。

朝井リョウ著　**何者**　直木賞受賞

就活対策のため、拓人は同居人の光太郎や留学帰りの瑞月らと集まるようになるが――。戦後最年少の直木賞受賞作、遂に文庫化！

朝井リョウ著　**何様**

生きるとは、何者かになったつもりの自分に裏切られ続けることだ――。『何者』に潜む謎が明かされる、発見と考察に満ちた六編。

朝井リョウ著　**正欲**　柴田錬三郎賞受賞

ある死をきっかけに重なり始める人生。だがその繋がりは、〝多様性を尊重する時代〟にとって不都合なものだった。気迫の長編小説。

小川洋子著

薬指の標本

標本室で働くわたしが、彼にプレゼントされた靴はあまりにもぴったりで……。恋愛の痛みと恍惚を透明感漂う文章で描く珠玉の二篇。

小川洋子著

博士の愛した数式

本屋大賞・読売文学賞受賞

80分しか記憶が続かない数学者と、家政婦とその息子——第1回本屋大賞に輝く、あまりに切なく暖かい奇跡の物語。待望の文庫化！

恩田陸著

六番目の小夜子

ツムラサヨコ。奇妙なゲームが受け継がれる高校に、謎めいた生徒が転校してきた。青春のきらめきを放つ、伝説のモダン・ホラー。

恩田陸著

夜のピクニック

吉川英治文学新人賞・本屋大賞受賞

小さな賭けを胸に秘め、貴子は高校生活最後のイベント歩行祭にのぞむ。誰にも言えない秘密を清算するために。永遠普遍の青春小説。

小川糸著

あつあつを召し上がれ

恋人との最後の食事、今は亡き母にならったみそ汁のつくり方……。ほろ苦くて温かな、忘れられない食卓をめぐる七つの物語。

小川糸著

サーカスの夜に

ひとりぼっちの少年はサーカス団に飛び込んだ。誇り高き流れ者たちと美味しい残り物料理に支えられ、少年は人生の意味を探し出す。

川上弘美著

センセイの鞄

谷崎潤一郎賞受賞

独り暮らしのツキコさんと年の離れたセンセイの、あわあわと、色濃く流れる日々。あらゆる世代の共感を呼んだ川上文学の代表作。

川上弘美著

パスタマシーンの幽霊

恋する女の準備は様々。丈夫な奥歯に、煎餅の空き箱、不実な男の誘いに喜ばぬ強い心。女たちを振り回す恋の不思議を慈しむ22篇。

川上弘美著

ぼくの死体をよろしくたのむ

うしろ姿が美しい男への恋、小さな人を救うため猫と死闘する銀座午後二時。大切な誰かを思う熱情が心に染み渡る、十八篇の物語。

垣根涼介著

君たちに明日はない

山本周五郎賞受賞

リストラ請負人、真介の毎日は楽じゃない。組織の理不尽にも負けず、仕事に恋に奮闘する社会人に捧げる、ポジティブな長編小説。

垣根涼介著

室町無頼（上・下）

応仁の乱前夜。幕府に食い込む道賢、民を束ねる兵衛。その間で少年才蔵は生きる術を学ぶ。史実を大胆に跳躍させた革新的歴史小説。

金原ひとみ著

軽薄

私は甥と寝ている——。家庭を持つ29歳のカナと、未成年の甥・弘斗。二人を繋いでしまった、それぞれの罪と罰。究極の恋愛小説。

新潮文庫最新刊

山田詠美著
血も涙もある
35歳の桃子は、当代随一の料理研究家・喜久江の助手であり、彼女の夫・太郎の恋人である――。危険な関係を描く極上の詠美文学！

帚木蓬生著
沙林　偽りの王国（上・下）
医師であり作家である著者にしか書けないサリン事件の全貌！　医師たちはいかにテロと闘ったのか。鎮魂を胸に書き上げた大作。

津村記久子著
サキの忘れ物
病院併設の喫茶店で、常連の女性が置き忘れた本を手にしたアルバイトの千春。その日から人生が動き始め……。心に染み入る九編。

彩瀬まる著
草原のサーカス
データ捏造に加担した製薬会社勤務の姉、仕事仲間に激しく依存するアクセサリー作家の妹。世間を揺るがした姉妹の、転落後の人生。

西村京太郎著
鳴門の渦潮を見ていた女
渦潮の観望施設「渦の道」で、元刑事の娘が誘拐された。解放の条件は警視総監の射殺！　十津川警部が権力の闇に挑む長編ミステリー。

町田そのこ著
コンビニ兄弟3
―テンダネス門司港こがね村店―
〝推し〟の悩み、大人の友達の作り方、忘れられない痛い恋。門司港を舞台に大人たちの物語が幕を上げる。人気シリーズ第三弾。